译边草

周克希 — 著

华东师范大学出版社

图书在版编目(CIP)数据

译边草/周克希著.—上海：华东师范大学出版社，2014.12
（周克希译文选）
ISBN 978-7-5675-2902-1

Ⅰ.①译… Ⅱ.①周… Ⅲ.①随笔—作品集—中国—当代
Ⅳ.①I267.1

中国版本图书馆CIP数据核字（2015）第001296号

译边草

著　者	周克希
策划编辑	王　焰
项目编辑	陈　斌　许　静
审读编辑	陈锦文
装帧设计	吴元瑛
内文设计	卢晓红

出版发行	华东师范大学出版社
社　　址	上海市中山北路3663号　邮编 200062
网　　址	www.ecnupress.com.cn
电　　话	021－60821666　行政传真 021－62572105
客服电话	021－62865537　门市（邮购）电话 021－62869887
门市地址	上海市中山北路3663号华东师范大学校内先锋路口
网　店	http://hdsdcbs.tmall.com

印刷者	上海中华商务联合印刷有限公司
开　　本	890×1240　32开
印　　张	7.5
字　　数	151千字
版　　次	2015年6月第1版
印　　次	2016年1月第2次
书　　号	ISBN 978-7-5675-2902-1/I·1303
定　　价	35.00元

出版人　王　焰

（如发现本版图书有印订质量问题，请寄回本社客服中心调换或电话021-62865537联系）

献给

四十多年来陪伴和支持我的小心与
承载着我们希望的孙儿载欣

目录

一、译余偶拾　5

翻译要靠感觉　7
译者的气质　13
度与"翻译度"　16
译文的尴尬　20
有所失落与过犹不及　27
"如实"与传神　32
色彩与趣味　38
好译文是改出来的　45
查词典这道坎儿　51
语法与逻辑　57

古文修养还是要的　63
一名之立　66
惹得读者向往　71
要加"催化剂"　75
"透明度"更高的翻译　79
格物与情理　83
绝望的双关　90
文体与基调　96
杂家与行家　98
他山之石——译制片　102

二、译书故事　119

1. 很久以前,在巴黎……(《成熟的年龄》)　121
2. 没用上的"眉批"(《古老的法兰西》)　126
3. 气质攸关(《王家大道》)　132
4. 深深的怅惘(《不朽者》)　136
5. 树上美丽的果子(《追忆似水年华·女囚》)　141
6. 岛名、人名与书名(《基督山伯爵》)　146
7. 折衷的译法(《三剑客》)　151
8. 译应像写(《包法利夫人》)　156
9. 用心灵去感受(《小王子》)　159

三、走近普鲁斯特　163

1. 写在第一卷译后　165
2. 《心灵的间歇》及其他　170
3. 艰难的出版　173
4. 追寻普鲁斯特之旅　176
5. 巴黎，与程抱一叙谈　193
6. 与陈村聊普鲁斯特　203

只因为热爱——代后记　223

附录：
百家版序和华东师大版序（南妮）　229

一、译余偶拾

翻译要靠感觉

1

文学翻译是感觉和表达感觉的历程,而不是译者异化成翻译机器的过程。在这一点上,翻译跟演奏有相通之处。

演奏者面对谱纸上的音符,演奏的却是他对一个个乐句、对整首曲子的理解和感受,他要意会作曲家的感觉,并把这种感觉(加上他自己的感觉)传达给听众,引起他们的共鸣。

超越音符,演奏者就成了演奏家。

2

"一个艺术家若不比常人更为善感,是不成的。"这是汪曾祺写到沈从文先生时说的。在他心目中,"沈先生是个感情丰富的人,非常容易动情,非常容易受感动"。

汪先生自己也是善感的人,看到一些"如闻其声"的平常琐碎的对话,也会"如沈先生常说的,一想起就觉得心里'很软'"。

在评论年轻作家黑孩的作品时,他说:"也

《中国当代作家选集丛书·汪曾祺》卷首的一页手迹,选自汪曾祺写的"捡石子儿(代序)"中"关于空灵和平实"一节。

其中的这段话,让我很感动:

……我写《天鹅之死》,是对现实生活有很深的沉痛感的。《汪曾祺自选集》的这篇小说后面有两行附注:

一九八〇年十二月二十九日清晨

一九八七年六月七日校,泪不能禁。

一九九二年初去北京时,向冯亦代先生提出想去拜访汪曾祺,亦老打电话从宗璞那儿问来了汪先生新居的地址。我随即赶往蒲黄

许因为这些感觉,使有一些人认为黑孩的作品不好懂。不懂,是因为他们没有这样的感觉。他们没有感觉。"

3

感觉,有时也是个悟的过程。悟,就是"蓦然回首,那人却在灯火阑珊处"。要得到这个结果,一须有一番"为伊消得人憔悴,衣带渐宽终不悔"的努力,二须是在"灯火阑珊处",而不是在觥筹交错、灯火通明的热闹场所。

4

什么是感觉?席勒说:开始是情绪的幻影,而后是音乐的倾向(disposition),然后是诗的意象。这是说诗的感觉。罗丹说,雕塑就是去除没用的泥巴的过程。这是说雕塑的感觉。对译者而言,感觉就是找出文字背后的东西的过程。一个译者,未必能"还原"作者感觉的过程,但他应尽可能地去感觉作者曾经感觉到的东西。

5

汪曾祺提到,"好像是屠格涅夫曾经这样描写一棵大树被伐倒:'大树叹息着,庄重地倒下了。'这写得非常真实。'庄重'真好!我们来写,也许会写出'慢慢地倒下','沉重地倒下',写不出'庄重'。"

屠格涅夫写得好,译者也译得好。我们来译,或许译不出"庄重"。

汪先生在自己的一篇小说里描写夜里的马:"正在安静地、严肃地咀嚼着草料。"他后来说,"'严肃'不是新鲜字眼,但是它表达了我自己在生活中捕捉到的印象。"

6

傅雷译《高老头》,两度重译,出过三个版本。

拉斯蒂涅克给但斐纳小姐带来德·鲍塞昂夫人的请帖,小姐满心喜悦,情意绵绵地说:

"倒是您(你,她附在他耳边说……)"

这是1946年版的译文。难以详察法文中尊称、昵称之别的读者,恐怕是没法领略其中奥妙的。

1951年和1963年的版本,都改成了:

"倒是你(好宝贝!她凑上耳朵叫了一声……)"

这样一来,就把但斐纳小姐在客厅里,先是当着女仆的面称"你",然后凑在他耳边悄悄

榆,不巧他去了外地。他夫人施松卿先生诚挚地接待了我这个不速之客。见到他们的女儿(现在想来大概是汪朝)时,不由得想起汪先生在另一篇序里的一段话:

我的女儿曾经问我:"你还能写出一篇《受戒》吗?"我说:"写不出来了。"

一晃二十年过去了。汪先生已仙去,我与这位心仪的性情中人终于缘悭一面。施先生当时给我的印象,我也只能用感动二字来形容,她让我这个陌生人觉得挺自在地跟她聊了一个多钟头,她送了我汪先生的书(包括一本法文译本,我觉得太珍贵不敢要,她说:"您懂法文。拿着吧,有两本呢。"那种亲切而自然的语气,我至今难忘),还坚持要送我到电梯口,目送我消失在渐渐关拢的电梯门后。这么个好人,后来居然长期处于不很清醒的状态,儿女们甚至连汪老的噩耗都没敢告诉她,每念及此,不禁黯然神伤。

说"好宝贝"的神情口吻，惟妙惟肖地表达了出来。

从字面上看，前译分别以"您"、"你"来扣表示尊称的vous和表示昵称的tu，似乎无懈可击。但实际效果不佳；原因就在于译者无法把他的感觉传达给读者。

7

托尔斯泰自有一种贵族气质，笔下显得舒展而从容。陀思妥耶夫斯基一生蹭蹬，写的又是小市民，行文常常让人感到急促、紧张。但是在中译本里，这种差别远不如原文那么明显。曹国维先生重译《罪与罚》时有这样的体会：陀氏的原文有时看上去颠三倒四，像是在东想想，西想想，然而就这样，他把一种紧张的心理状态传达给你，抓住你，让你也紧张起来。这样的文字，不能去理顺，"一理顺，紧张感就消失了"。

这是一种对紧张感的感觉。而据国维兄告诉我，他是在译了全书将近三分之二的时候，才越来越清晰地找到这种感觉，而后再回过头去修改译稿。由此看来，要找对感觉，非得先把自己浸润到译事中去。

8

林斤澜说汪曾祺的写作是"惨淡经营"。汪曾祺的女儿描述父亲全神贯注构思时，"直眉瞪眼地坐在沙发上，像要生蛋的鸡"。

这就是浸润。写作如此，翻译也如此。一个译者，我想，每天都会有类似"直眉瞪眼"地出神的时候。

里尔克（Rilke）在给一位青年诗人的信中写道："你要爱你的寂寞。"我觉得这话真像是对今天的译者说的。

9

赵丽宏先生在一篇随笔中提到："前几年，读一本汉译《帕斯捷尔纳克诗选》，感觉就很别扭。译诗中的春天是这样的：'今年春天一切都很特别，连麻雀的鸣叫也挺欢快。我甚至不想描述心里多么高兴和舒坦……'"

他说："我看不出这春天有什么特别。……帕斯捷尔纳克的诗歌，曾经使无数俄罗斯的知识分子共鸣，然而我无法相信，这样的文字，爱挑剔的俄罗斯读者怎么会因之痴迷？毫无疑问，这一定是翻译出了毛病。"

《罪与罚》的插图。作于1945年。

10

写到这儿，我想起谭抒真先生的一番话。话头是从一位颇负盛名的演奏教师引起的。这位教师翻译了一本音乐家传记，谭先生觉得这本书译得佶屈聱牙，英文理解既不行，译笔又过于拘泥。谭老举了个小提琴演奏的例子。贝多芬D

在一盘录像带上见过海菲茨练琴的情景。他在家里,旁边放着笨重的录音机,拉一遍,倒带听一遍,再拉一遍,再倒带听一遍。他就这样一遍又一遍地寻找艺术的感觉,最后才把近乎完美的感觉凝聚在乐声中,献给他的听众。"在台上,不管听众如何热烈鼓掌,他一次又一次地谢幕,却始终冷冰冰的一张脸孔,不肯显露一丝笑容,说:'听众是来听我演奏音乐的,不是来看我笑的。'"(郑延益,《二十世纪小提琴界最大的损失》)

译者也许可以这么说:"读者是来看我译的书的,不是来看我这个人的。"

大调小提琴协奏曲第三乐章开头的那个乐句,翻高两个八度后,听起来往往音高偏低,祖克曼等名家演奏时情况都是如此。但海菲茨的演奏听上去就很完美,原因就是他在高音区拉这个乐句时,每个音都略微拉高了一些。谭先生说:"这时就得拉高一些,因为艺术是以感觉为准绳的。"

艺术是以感觉为准绳的,这话说得真好。

11

后期印象派画家高更(Gauguin)说,塞尚(Cézanne)作画用眼,瑟拉(Seurat)作画用脑,图卢兹-洛特雷克(Toulouse-Lautrec)作画用脾脏,卢梭(H. Rousseau)作画用幻想,而凡高(Van Gogh)作画用心。

我想,理想的译者在翻译时,既要用眼,也要用脑,用幻想,(脾脏怎么用,恕我不敢妄言,)更要用心,用自己善于感动的心去贴近原著,去贴近作者的心。

译者的气质

12

宋诗云:"长壕无事不耐静,若非织绡便磨镜。"(杨万里)

"耐静"二字,让我想到草婴先生,他说过这样一段话:

> 从事我们这项工作,有一条相当重要,就是甘于寂寞。……你关在屋子里默默地爬几年,甚至几十年的格子,理解你的人,或者了解这个情况的人,有时候并不是很多的。你应该咬紧牙关,甘于寂寞。

草婴先生独力翻译卷帙浩繁的托尔斯泰全集,正是"咬紧牙关,甘于寂寞"的生动写照。

让人感叹的是,浮躁成了一种时髦的流行病。时下充斥图书市场的很多译本,就出于此病患者之手。

当四里障碍赛开始的时候,她探身向前,眼睛盯住伏伦斯基……(《安娜·卡列尼娜》第二部第二十八章)

13

译本质量堪忧,并非现在才有的问题。

傅雷先生在1951年9月写给宋淇的信中写道:"昨日收到董秋斯从英译本(摩德本)译的《战争与和平》,译序大吹一阵(小家子气!),内容一塌糊涂,几乎每行都别扭。董对煦良常常批评罗稷南、蒋天佐,而他自己的东西亦是一丘之貉。想不到中国翻译成绩还比不上创作!大概弄翻译的,十分之九根本在气质上是不能弄文艺的。"

14

译者该有怎么的气质呢?作为比照,我们先来看看作家该有怎样的气质。

以小说《九月寓言》引人瞩目的张炜先生,曾用抒情的笔调写道:

> 我看到的作家有沉默的也有开朗的,有的风流倜傥,有的甚至有些委琐。不过他们的内心世界呢,他们蕴藏起来的那一部分呢?让我们窥视一下吧。我渐渐发现了一部分人的没有来由的羞涩。……另外我还发现了温柔。……这种温柔有时是以相反的形式表现出来的,不过敏锐的人仍会察觉。

他认为，羞涩和温柔就是作家该有的气质，就是他们"共通的特质"、"特别的印记"。这篇题目叫"羞涩和温柔"的散文，因其别致而令我难忘。

那么，译者（或者说翻译家）该有怎样的气质呢？也许不妨说，善感和耐静就是翻译家该有的气质。有人说，翻译家是幸福的，因为他有机会与文学大师亲近。这话当然有道理。但我想，把握这个机会，是要以善感和耐静为前提的：不善感，就不善于甚至不能够去亲近；不耐静，就会不耐烦甚至不屑于去亲近。

15

梁实秋先生译毕三百万字的《莎士比亚全集》后，在一封信中说，翻译《莎士比亚全集》须有三个条件：（一）其人无才气，有才气即从事创作，不屑为此。（二）其人无学问，有学问即走上研究考证之路，亦不屑为此。（三）其人必寿长，否则不得竣其全工。

董桥先生评说："这话虽然幽默，自也说出没说的话，有点不尽之思。"

度与"翻译度"

16

翻译跟许多别的事情一样,常常难就难在度的把握。不同的译家,对这个"度"往往心里有杆自己的秤。

杨必先生译《名利场》,把一个good译得花团锦簇,点化出"虔诚的教徒,慈爱的父母,孝顺的儿女,贤良的妻子,尽职的丈夫"的译句。

傅雷先生服膺一条原则:"理想的译文仿佛是原作者的中文写作。"法文中一个femme,在《高老头》里分别译作女人、太太、老婆、娘儿们、婆娘、妇女、小妇人、少女、小娇娘、老妈子、小媳妇儿、妙人儿等等,想必傅雷先生认为,巴尔扎克倘若用中文写作的话,是会换这许多字眼的。

许钧先生译六十万字的长篇小说《名士风流》时,则反其道而行之,遇到法文sourire,统统译为"微笑"或"微微一笑",决不用莞尔一笑、嫣然一笑、笑吟吟、笑眯眯之类的译法。他的立论是:"法语中关于'笑'的表达法也极为

英文版《名利场》封面

丰富，为何波伏瓦只用'sourire'一词，不丰富其表达手段呢？这里无疑有她刻意追求的风格及以此风格为一定的表达目的服务的问题。"（《文学翻译批评研究》）

17

有一年小提琴家阿卡多来沪演出，并在音乐学院开"大师班"。一位学生演奏了巴赫的《无伴奏小提琴奏鸣曲》，技巧不错，而且音色很美。曲终，阿卡多先生点评说："如果是拉柴可夫斯基，非常好。拉巴赫就不能这样揉弦。""揉弦太好是个问题。"也就是说，音色华丽，正是缺点所在。在当代的小提琴演奏家中，阿卡多往往被视作炫技型的，但大师毕竟是大师，他首先看重的毕竟是艺术的感觉。

余华这样写他心仪的福克纳："他不会被那些突然来到的漂亮句式，还有艳丽的词语所迷惑，他用不着眨眼睛就会明白这些句式和词语都是披着羊皮的狼，它们的来到只会使他的叙述变得似是而非和滑稽可笑。"这真是好作家的三折肱之言。

译者也要考虑怎样"揉弦"，明白什么是"披着羊皮的狼"。

18

普鲁斯特的语言堪称精妙，但从总体来说，

他写得并不华丽。往华丽的路子去铺陈译文，怕是难以传达那种令人赞叹的精妙之处的。

新小说派的作品，在文学观念上很前卫，而作品所用的语言多为规范的法语，用词尤以准确见长。罗布-格里耶的小说《吉恩》（Djinn），据说最初就是应约为中学生写的（每章围绕一个语法概念来写，也就是说，这种语法现象的例句在这一章里反复出现，使这一章成为"例章"）。所以新小说派的作品，似也不宜译得花哨。听人称赞克洛德·西蒙的作品有朦胧美，我颇有些怀疑那是把原本还能看懂的句子变得"朦胧"了。

19

"翻译度"，是杨绛先生仿照难度、甜度的说法创造的词儿。举例来说，"可是看到（事情）被拖延着……"是死译，翻译度最小；"可是事情却拖延着未实现……"比较达意，但翻译度仍嫌不足；"可是迟迟不见动静……"比前两种译法更信也更达，而翻译度也最大。

她说，有的译者以为离原文愈近愈安全，也就是说，"翻译度"愈小愈妥，"'死译''硬译''直译'大约都是认为'翻译度'愈小愈妥的表现"。而翻译度愈小，在意思的表达上就离得愈远。"原意不达，就是不信。畅达的译文未必信，辞不达意的译文必定不信。我相信这也是翻译的常识了。"

20

前面提到的一个例子中,傅雷把"倒是您(你,她附在他耳边说……)"改成"倒是你(好宝贝!她凑上耳朵叫了一声……)",翻译度大了好多,精气神也足了好多。

前不久,随手翻开新上书市的《福尔摩斯探案全集续集》,劈面第一句看到:

> 那是一八八三年三月一个清爽的早晨,那时吃一顿热乎乎的早餐的前景终于战胜了我的温暖舒适的床铺,……

读到这儿,不觉哑然失笑,翻译度过小的前景也终于战胜了我的阅读的欲望。

杨绛先生译的《堂吉诃德》,跟毕加索这幅有名的插图一样,简练而传神。

译文的尴尬

21

杜甫诗云："王杨卢骆当时体，轻薄为文哂未休。尔曹身与名俱灭，不废江河万古流。"这首诗很多人并不陌生。但正如施蛰存先生在一篇文章中所说的，"'轻薄为文哂未休'一句，竟有许多名家读不懂，讲不对"，把它理解成王勃等人文体轻薄，"于是今天在各大学中文系讲授文艺理论或杜诗的教师，都在这样讲、这样教、这样注释。"

"问题出在'轻薄'二字。许多人不了解'轻薄'是'轻薄子'的省略，硬要派它为一个普通的状词。"其实，杜甫的意思是说，"王杨卢骆的文章，尽管你们这些轻薄之徒写文章加以攻击哂笑，但还是代表他们时代的文体。"（《文艺百话》，"说杜甫《戏为六绝句》"篇）

一首并不生僻的唐诗，理解上尚且有这么些周折。翻译外文作品时理解的困惑，译文的尴尬，似乎也就不足为奇了。

22

陆谷孙先生提到过参加一次译文竞赛评奖的经历。英文原作写一对夫妇龃龉不断,甚至端着咖啡杯在客厅里奔逐追打,令儿子深恶痛绝,接下去有这么一句:"It is the mother whose tongue is sharp, who sometimes strikes."陆先生认为,whose与who两个从句有语气递进关系,所以strike是指"动手打人"。但在座的专家(包括洋专家)大都赞成译作"出口伤人"——于是全句就是"做母亲的说话尖刻,有时还出口伤人。"

陆先生写信给原作者求教,未获回音。又问了不少美国友人,结果很妙:"同意'出口伤人'和'动手打人'的大致各半。"

23

普鲁斯特的小说中,有一段文字描写贡布雷教堂里一方方平躺着的墓石。有个译本是这样译的:

> 如今这片片墓石已失去死寂坚硬的质地,因为岁月已使它们变得酥软,而且像蜂蜜那样地溢出原先棱角分明的界限,这儿,冒出一股黄水,卷走了一个哥特式的花体大写字母,⋯⋯

伊利埃(Illiers)小镇上的教堂。研究者认为,普鲁斯特父亲的家乡伊利埃,就是普鲁斯特笔下贡布雷的原型。小说中"贡布雷的钟楼"的著名片段,其写作灵感想必源自这座教堂的钟楼。

墓石"变得酥软"已有点诡异,"冒出一股黄水"就更是费解。其实,原文是这样的:

[Ses pierres tombales] n'étaient plus elles-mêmes de la matière inerte et dure, car le temps les avait rendues douces et fait couler comme du miel hors des limites de leur propre équarrissure qu'ici elles avaient dépassées d'un flot blond, entraînant à la dérive une majuscule gothique en fleurs, ...

看来这是一段隐喻的描写(别忘了普鲁斯特是位出色的隐喻大师,在他这部散文化的小说中,时不时会碰到绝妙的隐喻)。其中,douce当是"线条柔和",而不是酥软,un flot blond似指"黄澄澄的流波",而并非冒出的黄水。普鲁斯特写的是在特定光线下见到这些墓石的感觉,写得入情入理,而且很美。因而,整段文字也许不妨译作:

这些墓石本身已经失却僵硬、板滞的意味,因为时光使它们变得线条很柔和,沿着磨去棱角的石板轮廓线,有如稠厚的蜂蜜在流淌似的时起时伏,当年四四方方的边棱已不复可见,黄澄澄的流波所过之处,一个花写的哥特体大写字母变了形,……

24

《三剑客》下半部,四个伙伴跟英国人决斗,结果不打不相识,相互成了朋友——但有一个倒霉蛋,却先死在了阿托斯的剑下。阿托斯说这个英国人死于决斗是自作自受,但若留下他的钱袋,则会感到内疚。达德尼昂接着说:"您的有些想法真叫人没法理解(inconcevable)。"

法文版《三剑客》插图

李青崖先生的译本《三个火枪手》里,这句话译作:"您真有好些使人料想不到的见解。"

细细想来,李译似乎没有琢磨出(要不就是有意回避,生怕给主人公脸上"抹黑"?)达德尼昂"有钱不拿白不拿"的弦外之音。

达德尼昂还真是个"不争气"的主人公。他明知米莱迪是红衣主教的心腹,还是心心念念想占有她。米莱迪呢,也用自己的美色引诱他,写条子给他:"我和小叔昨天和前天空等了两个晚上。"(Mon beau-frère et moi nous avons attendu hier et avant-hier inutilement.)

有一个《三剑客》译本,却把这句译作:"我的内弟和我于昨天和前天都在等着您,但徒费枉然。"

"徒费枉然"且不去说它,"内弟"可真有

些蹊跷。内弟，专指妻子的弟弟。米莱迪的"内弟"，这是从何说起？

25

说说自己的尴尬。

那是很多年前的事了。拙译《古老的法兰西》在《当代外国文学》杂志刊登以后，见到另外一个译本。一读之下，悚然意识到我把lâcher son eau给译错了。照字面上看，这是"放他的水"的意思，我译成"放水"，忽略了"他的"两字的讲究；放他（身体里）的水，其实是隐指"小解"。从此这个疙瘩存在心里，像落下了块心病。

幸好，这个中篇后来收进《马丁·杜加尔研究》的集子。我总算有机会把译文改成了："儒瓦尼奥穿上长裤，到院子里去小便：他是个身材魁梧的乡下汉子……"（原文是：Joigneau enfile son pantalon, et s'en va dans sa cour lâcher son eau: un grand diable de paysan ...）

26

庞德的意象派名诗《地铁站内》(In a Station of the Metro)，据说历时三年，写了三次才定稿。"第一次写成三十行，放在那里。第二次是半年以后，他把它撕毁了，根据原有的主题，重新写成十五行。他仍然感到不满意，因为那十五行在意象的强烈程度上还很不够。这样又过一年,他再把原有的那个主题——三年前在巴黎的地下铁道某个车站上看见的一些美丽的面貌的印象,重新唤醒,从头构思。在构思过程中删繁就简,只捕捉那个最强烈的意象。这样终于定稿在第三次,只有两行。"(流沙河,《意象派一例》)

原诗如下:

The apparition of these faces in the crowd;
Petals on a wet, black bough.

流沙河先生的译文是:

人群里这些脸忽然闪现;
花丛在一条湿黑的树枝。

其中"忽然闪现"扣英文apparition。此词在其他译家笔下,分别译成"幽灵一般显现"(杜运燮),"鬼影"(余光中),"魅影"(洛夫、李英豪),"涌现"(郑敏),"浮现"(颜元叔)等等。流沙河先生认为诸家译文"都过得去",只是"'幽灵'、'鬼影'、'魅影'都宜改'忽然闪现'为妙"。他措辞这般婉转,想来其中有一层缘故,就是apparition的含义颇为微妙,单单坐实"忽然闪现",恐亦有失

"幽灵"意象之虞。

《基督山伯爵》第一百章的标题也是apparition（法文，拼法和英文相同，含义也相似），起初译"幻影"，后来给改成了"露面"。译本"露面"至今已逾数载，有时想起，心里依然觉得若有所失。在这一章里，少女瓦朗蒂娜神志恍惚中，以为见到的基督山伯爵是个幻影。从渲染气氛（大仲马惯用的手法）着眼，当是"幻影"为妙吧。

27

中译外，叶君健先生也举过一个"叫人哭笑不得的"例子。有个国内常用的哲学术语，叫"两点论"。译成法文时，为了"在政治上忠实"，译成了La thèse en deux points。不幸的是，法文里的冒号就叫deux points. 于是，这个庄严的哲学名词，在法文中就成了"冒号论"。

叶先生写道："据说，译者曾就此事请示有关'首长'，但得到的指示还是必须'直译'，因而'两点论'还是作为'冒号论'被介绍出去了。"

有所失落与过犹不及

28

美国著名诗人弗罗斯特说过,诗就是"在翻译中失去的东西(what gets lost in translation)"。话说得这么绝,真有些令天下有志译诗者气短。幸好从翻译实践来看,情况未必有这么悲观。诗经过翻译,毕竟还会留下不少东西。一首上乘的译诗,可以把原诗的意蕴和形式相当完整地保留下来。

但有所失落毕竟是难免的,因此从这个意义上说是绝对的。诗如此,小说亦如此。

29

周小珊女士曾根据手头的四个不同译本,撰文论述"包法利夫人的形象变异"。现仅从中引用一个简短的实例:

与莱昂幽会时的爱玛性情多变(tourà tour ... emportée, nonchalante),四个译本分别译为:"一时激情,一时冷淡"(浙江文艺版),"时而热烈奔放,时而又倦怠疏懒"(花城版),

法文本《包法利夫人》中的一幅插图。

马车里伸出的手,让我们想起爱玛和莱昂偷情的那段描写:"中午时分在旷野上,阳光射得镀银旧车灯锃亮发光的当口,从黄布小窗帘里探出只裸露的手来,把一团碎纸扔出窗外,纸屑像白蝴蝶似的随风飘散,落入远处开满紫红花朵的苜蓿地里。"(《包法利夫人》第三部第一章)

这里,原文中的une main nue我就译成"裸露的手",没有用"玉手"之类的艳词。我以为,正如王佐良先生所说,这类词"是滥调,是鸳鸯蝴蝶派的词藻"(参见本书"译余偶拾"47),在文学作品中要慎用。

"有时生气,有时随和"(译林版),"忽而暴躁,忽而懒散"(陕西人民版)。周小珊认为,它们"很难作为一种性格集中到爱玛的身上"。这话说得有理,而且,我想可以从中引申出这么一个结论:在描绘女主人公此时性情这一点上,其中有的译本是难免有所失的。

在她引用的译本以外,还有若干个不同的译本(有的可能是在她写那篇文章之后出版的)。所以我们还可以见到下面的种种译法:"一时热情奔放,一时又平平淡淡"(人民文学版),"时而暴躁,时而无精打采"(漓江版),"时而激情飞扬,时而无精打采"(北京十月文艺版),"时而暴躁,时而疏懒"(译文版)。由此看来,有所失的译本还会更多一些。

30

有时候,这种有所失是译者不得已而为之的。

赵元任先生在《阿丽思漫游奇境记》的"凡例"中,有段很精彩的话:

> 但是有时候译得太准了就会把似通的不通变成不通的不通。或是把双关的笑话变成不相干的不笑话,或是把押韵的诗变成不押韵的不诗,或是把一句成语变成不成语,在这些例里,那就因为要达原书原来要达的目

的的起见,只可以稍微牺牲点准确的标准。

陈原先生对这本名译极为推崇。他在引用上面那段话时,特地说:"请注意:'不笑话','不诗','不成语'。——不愧语言学大师:这是语言游戏式的构词。"

但赵先生的译文,有时好像过于游戏式了。随手从第一页举个例子:in another moment 译作"不管四七二十八",似有过犹不及之嫌。新出的吴钧陶先生译本,是译作"一转眼工夫"的。

31

杨必先生的《名利场》也是名译。前面举过的那个例子里,说到有个死者是a good Christian, a good parent, child, wife or husband。杨必把一个good分别译成五个不同的形容词,译文读上去格外流畅:死者是"虔诚的教徒,慈爱的父母,孝顺的儿女,贤良的妻子,尽职的丈夫"。

在荣如德先生的新译(书名改为《花花世界》)里,这一句是这样译的:

死者果真是个虔诚的基督徒,一位好

《阿丽思漫游奇境记》插图

"1984年玛格丽特·杜拉斯写出了自传体性质的小说《情人》,并凭此获法国著名的龚古尔文学奖,其时,她已七十岁了。对于十五岁半在印度支那湄公河的渡船上与中国情人相识相爱的那段经历,七十岁的女作家仍写得饱含激情。因为时间的尘封、记忆的积压以及作家对历史俯瞰式的洞察力,这激情被表现得丰富深邃、充满张力。"(南妮,《所谓女人》)

父亲、好母亲、好儿女、好妻子或好丈夫,……

杨译从感觉上说,似乎比原文多了点什么。但也许这正是为不少人所称道的"化译"吧。

荣译给人的感觉是丰约中度,似乎跟原文更贴近些。倘若要挑剔的话,"一位……好儿女"似乎有欠浑成。

32

王道乾先生的《情人》,又可以说是一本名译。译本的开篇,更为好多人(尤其是作家)所激赏。

"太晚了,太晚了,在我这一生中,这未免来得太早,也过于匆匆。"这低回、伤感的语调,拨动着读者的心弦。但在原文中,这是一个语气相当短促的句子:

Très vite dans ma vie il a été trop tard.

除了结尾的句号,中间没有任何标点,而且既没有"太晚"的叠句,也没有"未免"的转折,"来得太早"和"过于匆匆"则是从同一个"很快"(très vite)化出来的。

王先生在译本前言里说,杜拉斯"运笔又偏于枯冷,激情潜于其下"。而王译恰恰似乎多了些缠绵，多了些腴润。

汪曾祺先生说过，他写《徙》，原来是这样开头的："世界上曾经有过很多歌，都已经消失了。"出去散了一会步，改成了："很多歌消失了。"他说："我牺牲了一些字，赢得的是文体的峻洁。"

反过来，牺牲的不就是文体的峻洁吗？

33

以上的例子，都是从较好的译本中引用的。所以，仅仅是"有所"失落而已。

钱锺书先生举过一个"扫尽读者的兴趣，同时也破坏原作的名誉"的"经典的例证"：十七世纪法国的德·马罗勒神父。"和他相识的作者说：这位神父的翻译简直是法国语文遭受的一个灾难（un de ces maux dont notre langue est affligée），他发愿把古罗马诗家统统译出来，桓吉尔、霍拉斯等人都没有蒙他开恩饶命（n'ayant pardonné），奥维德、太伦斯等人早晚会断送在他的毒手里（assassinés）。"（《七缀集·林纾的翻译》）

"如实"与传神

34

译者由于翻译观念、审美趣味不同,在翻译实践中会作不同的努力,有不同的表现。这种各行其是,并不是坏事;把所有的译者集于一种观念的麾下,纳入一种趣味的轨道,看来既无必要,也不可能。

35

傅雷力主传神,他强调"所求的不在形似而在神似"。王科一的翻译,走的是傅雷的路子。试以他的代表译作《傲慢与偏见》为例,第四章里提到伊丽莎白对彬格莱家姐妹没有多大好感。接下去话锋一转:

> 事实上,她们都是些非常好的小姐;她们并不是不会谈笑风生,问题是在要碰到她们高兴的时候;她们也不是不会待人和颜悦色,问题在于她们是否乐意这样做;可惜的是,她们一味骄傲自大。

"你写信写得这样快,真是少见。"(《傲慢与偏见》第十章)

彬格莱小姐在达西先生面前,不正是谈笑风生、和颜悦色的"非常好的小姐"吗?

我对王科一先生译的《傲慢与偏见》,始终有一种偏爱。细细想来,原因之一是译笔确实流畅、俏皮(译奥斯丁的作品,做不到这两点就难以让读者领略原作的妙处——若干其他译本

上述译文中的"问题是在要碰到"、"问题在于……是否乐意"以及"可惜的是她们一味"这些字眼，原文字面上是没有的。王科一是位有追求的翻译家，他加上这些字眼，想必是要使译文更显豁，让读者一下子就能体味奥斯丁说反话(irony)的俏皮和机智。

傅雷先生说："我们在翻译的时候，通常是胆子太小，迁就原文字面、原文句法的时候太多。"他主张"要精读熟读原文，把原文的意义、神韵全部抓握住了，才能放大胆子。"王先生放大胆子加了好些字眼，正是实践了这一主张。许多读者对《傲慢与偏见》的兴趣历久弥笃，表明他的实践是成功的。

似可作此语脚注），况且是在如饥似渴的少年时代读的，个中回味从此终生难忘。原因之二，恐怕就是这些插图的魅力了。"译者前记"的最后一段特地写明："本书四十幅插图，其中三十九幅是勃洛克（Charles E. Brock）画的，只有三九二页后的一幅，因为我所根据的版本有残缺，便采用了休·汤姆生（Hugh Thomson）画的一幅。"其中，不正透露了译者为这些插图惨淡经营的消息吗？

36

那段话的原文是：

> They were in fact very fine ladies; not deficient in good humour when they were pleased, nor in the power of being agreeable when they chose it, but proud and conceited.

如果直译的话，可以译作：

事实上，她们都是非常好的小姐；在她

们高兴的时候，不是不会谈笑风生；在她们愿意的时候，也不是不会待人和颜悦色；不过她们骄傲自大。

这样扣住"原文字面、原文句法"直译，原文的讽刺意味是否就冲淡了，原作神韵的传达是否就有所不逮了呢？这是个见仁见智的问题。我问过陈村先生的意见，他的看法就跟我不同。他觉得"还是后面的译文好，原先的译文过于无味"，只要把后面的译文中最后一句改成"她们却骄傲自大了"就行。陈村本人的文字以幽默、机智见长，但他不喜欢太"做"。有些读者更喜欢这种"不动声色"的叙述，他们也许会跟陈村先生一样，觉得后一种译法骨子里更传神。

37

据我所知，对传神说有微词，有非议，甚至有反感的译家也大有人在。但见诸文字的议论却不多见。余振先生下面的那段文字，虽说发表距今已有不少时日，但其中的观点，现在的不少译者还是引为同调的。

余振先生在《与姜椿芳关于译诗的通信》中，是这样说的：

> "传神"这两个字很神秘，谁也不敢说"传神"不好，但过分强调了，就会出问

题。首先,"神"是什么?恐怕主张"传神"的朋友们也不大说得清楚。我认为,"神"是最主观的东西,甲认为是"神"的,乙也许认为是"鬼"。诗中真的有"神"的话,也一定包含在诗的文字之中,只要把原诗的文字如实地译过来,"神"不也就跟着过来了吗?再一层,原诗的"神"如果隐藏在文字之内,译者如果把它明译过来,这就是最大的不忠实。

哈姆莱特:他为了觊觎权位,在花园里把他毒死。(《哈姆莱特》第三幕第二场)

余先生是译诗的,所以单单就诗而言。他的观点,显然不仅仅局限于诗。细读余先生的这段话,我觉着里面有股子火气,而且隐隐约约感到,这股火气是冲着一些华而不实的译者发的。以余先生那样认真的性格,看到这些所谓翻译家对原文不求甚解,一味侈谈"传神"的做派,他心里焉能不火?如果我这猜度不错的话,我也愿意站在余先生一边高声呐喊:文且不亨,"神"将安存!

38

然而我想,"神"是真的有的。韩愈的文章"如长江大河,浑浩流转",欧阳修的文章"纡徐委备,往往百折而条达流畅,无所间断"(苏洵语)。这就是"韩海欧澜",就是所谓的"韩欧神理"。"《水浒传》里的一句'那雪正下得紧'，就是接近现代的大众语的说法，比'大雪纷飞'多两个字，但那'神韵'却好得远了。"（鲁迅语）。这些都是说的"神"。

我还想，要把原作（诗，小说，散文，剧本）的文字如实地译过来，有时恐怕要先琢磨出那个"神"来才行。

"To be, or not to be, that is the question."《哈姆莱特》中的这个名句，可谓"众译纷纭"："活下去还是不活"，"生存还是毁灭"，"是存在还是消亡"，"死后还是存在，还是不存在"，"这条命，要还是不要"，等等等等，哪种译法才算把to be, or not to be"如实地译过来"了呢？

To have and have not，这是海明威小说的书名。有人译为《有和没有》。译文版的海明威文集里，鹿金先生译为《有钱人和没钱人》。一明译，难道当真就不忠实了吗？

看来，"神"尽管不大说得清楚，但未必就是最主观的东西。如实固然重要，正如演奏不能不按乐谱，然而在文字（音符）之外，毕竟还有一些不大说得清楚的东西。如实和传神，两者是相辅相成的。

39

吕叔湘先生是我很敬仰的语文学家。他和朱德熙先生合写的《语法修辞讲话》问世时，当编辑的家母认真捧读，做完了其中的全部练习题。我当时正读初中，常在母亲边上跟着她读书、做题。从吕先生书中汲取的营养，我终生受用。

后来知道，吕先生年轻时译过书。看了他翻译的小说，才了解吕先生的文笔，也曾经那么神采飞扬。下面是他译的《伊坦·弗洛美》中的两个小例子（转引自王宗炎先生《从老手学新招》一文）。

  Mattie's hand was underneath, and Ethan kept his clasped on it a moment longer than was necessary. 玛提的手在下，伊坦把它握住，没有立刻就放。

  Hale refused genially, as he did everything else. 赫尔的拒绝是很婉转的，这人无往而不婉转。

跟"比需要的时间更长"或"正如他做任何别的事情一样"这类所谓中规中矩（其实面目可憎）的译法相比较，"那'神韵'却好得远了"。

译余偶拾　37

色彩与趣味

40

上乘的译作,要能表现原作的色彩;高明的译者,要能体察作者的趣味。

41

欧·亨利在短篇小说《警察与赞美诗》里,这样描写一家"迎合胃口大而钱包小的食客"的饭馆:

Its crockery and atmosphere were thick; its soup and napery thin.

按照字面可以译成:"它的碗盏和气氛都很厚重;它的汤和餐巾却很单薄。"这样的中文让人难受。

所以我们看到的译文是:

它的碗盏呆笨而气氛呆板;它的汤味淡薄而餐巾单薄。

原文中用异叙（syllepsis）修辞手段所营造的色彩，在译文中表现为"呆"、"薄"二字的叠用。

42

同一篇小说里，写主人公来到一个街区，那儿的夜晚有the lightest street,hearts,vows, and librettos。照字面简直没法译。

译者作了变通，把它译成"最明亮的街道，最愉快的心灵，最轻易出口的盟誓和最轻松的歌曲"。英文可以用一个light来同时修饰街道、心灵、盟誓和歌曲，中文却只能分别取light的四种含义去修饰它们。对译者来说，这已经是勉为其难了；但遗憾的是，原文那种轻快、俏皮的色彩，读者恐怕很难领略到了。

43

汉语也有类似的修辞格。《儒林外史》第九回里，邹吉甫说的"再不要说起！而今人情薄了，这米做出来的酒汁都是薄的！"就是异叙了。可惜在翻译实践中，能把修辞手法用得这么浑成、让修辞色彩显得这么鲜明的机会并不多见。

鞋匠（《双城记》第六章）

44

《双城记》中的马奈特医生，把他在巴士底

监狱写成的文稿，藏在烟囱的内壁里，"在我和我的悲愁都灰飞烟灭之时，某只富于同情的手可能会在那儿找到它"。（1998年译文版）

"在我和我的悲愁都灰飞烟灭之时"，也有人译作"等到我的尸骨化为飞灰，我的哀愁也随风散去时"。

原文when I and my sorrows are dust的字面意思是：当我和我的悲愁都化为尘土时。相比之下，后面那句译文读起来比较流畅，但就表现文字色彩而言，似乎不如前面那句译文，因为它刻意保留了原文中拈连(zeugma) 的色彩。（《红楼梦》里，周瑞家的说："这凤姑娘年纪儿虽小，行事儿比是人都大呢。"行事之所以能说大，正是由前面说的年纪小拈连而来的。）

45

诗无达诂；译无定本。

对翻译而言，撇开文本的诠释等等不谈，其中还有个趣味的因素。

还是《双城记》。全书一开头是个有名的长句：

It was the best of times, it was the worst of times, it was the age of wisdom, it was the age of foolishness, it was the epoch of belief, it was the epoch of incredulity , ...

手边的两个译本分别译为：

那是最昌明的时世，那是最衰微的时世；那是睿智开化的岁月，那是混沌蒙昧的岁月；那是信仰笃诚的年代，那是疑云重重的年代；……（1998年译文版）

那是最美好的时代，那是最糟糕的时代；那是智慧的年头，那是愚昧的年头；那是信仰的时期，那是怀疑的时期；……（1996年译林版）

黄邦杰先生却写过一篇名为《加词技巧的妙用》的文章，主张把这个句子译为：

这是一个隆盛之世，但也是一个衰微之世；这是一个智慧的时代，但也是一个愚蠢的时代；这是一个有信仰的新纪元，但也是一个充满怀疑的新纪元；……

判决之后（《双城记》第十一章）

黄先生说："三个'但也'都是加上去的，不加则前后句连接不起来，不作如是对比，则显不出这个时代充满的种种矛盾。"

但我以为，我们从这三个不同的译例中看到的，毋宁说是文字趣味的不同。有时候，这种趣味只是阅读习惯的流露而已。因此，不同的译本——只要是认真的译作——应该可以共存。一般来说，也不必非把某个译本派作定本不可。

46

喜不喜欢用四字句，也是个文字趣味的问题。

许多年前去看汝龙先生，他跟我谈到文学翻译的语言，主张"少用四字句"。他举了个例子，"说'烈火熊熊'，你眼前看见什么了？"我当时觉得有些愕然，问道："那该怎么说呢？"他笑了笑说："怎么想就怎么说，比如可以说'一蓬火烧得很旺'嘛。"

汝龙先生早已作古，但这段对话我至今印象很深。

47

《风灵》（*Le Sylphe*）是法国象征派诗人瓦雷里（Paul Valéry）的名诗。其中有一节，原文为：

> Ni vu ni connu,
> Le temps d'un sein nu
> Entre deux chemises!

卞之琳先生译作：

> 无影也无踪，
> 换内衣露胸，
> 两件一刹那！

王佐良先生在一篇文章里写道："译文出来之后，有一位评者认为第二行应改译'换衣露酥胸'。这位评者所追求的，恰是作者——还有译者——所竭力避免的。'酥胸'是滥调，是鸳鸯蝴蝶派的词藻，而原诗是宁从朴素中求清新的。"

王先生说："这个例子说明的是：高雅的作者，体贴的译者，趣味不高的评者。"

这话说得妙。

48

下面的文字，是从《胡适书话》中摘抄的：

《老残游记》里写景的好文字很多，我（胡适先生——抄者按）最喜欢的是第十二回打冰之后的一段：

> 抬起头来看那南面的山，一条雪白，映着月光分外好看。一层一层的山岭却不大分辨得出。又有几片白云夹在里面，所以看

不出是云是山，及至定神看去，方才看出那是云那是山来。虽然云也是白的，山也是白的；云也有亮光，山也有亮光，只因为月在云上，云在月下，所以云的亮光是从背面透过来的。那山却不然，山上的亮光是由月光照到山上，被那山上的雪反射过来，所以光是两样子的。然只就稍近的地方如此，那山往东去，越望越远，渐渐的天也是白的，山也是白的，就分辨不出甚么来了。

这种白描的功夫真不容易学。只有精细的观察能供给这种描写的底子；只有朴素新鲜的活文字能供给这种描写的工具。

……[《老残游记》] 四十回本之为伪作，绝对无可疑。别的证据且不用谈，单看后二十回写老残游历的许多地方，可有一处有像前二十回中的写景文章吗？看他写泰安道上——

一路上柳绿桃红，春光旖旎；村居野妇联袂踏青；红杏村中，风飘酒帜；绿杨烟里，人戏秋千；或有供麦饭于坟前，焚纸钱于陌上。……

列位看官在《老残游记》前二十回里可曾看见这样丑陋的写景文字吗？（"这样丑陋"的文字，说不定在有些人眼里正是美文呢——抄者按）

好译文是改出来的

49

好的译文，往往是改出来，磨出来的。

巴尔扎克在《高老头》里这样描写伏盖公寓的所谓"公寓味道"：Elle pue le service, l'office, l'hospice.

傅雷先生1946年版的译本里，这一句译为："它教你想起杯盘狼藉收拾饭桌的气息，医院的气息。"

1951年的修改本里，这一句改为："那是刚吃过饭的饭厅味道，救济院味道。"

1963年，傅先生将整本书全部重译一遍。这一句重译成："那是刚吃过饭的饭厅的气味，酒菜和碗盏的气味，救济院的气味。"这句译文，不仅意思更准确，而且在相当程度上传达出了原文中三个形容词词尾同音的韵味。

50

李文俊先生最初译的《喧哗与骚动》，有一部分刊载在《外国现代派作品选》第二册。其中

法国画家笔下的高老头。

有朋友认为，le service应作行政部门讲，这样正好跟l'office作办事处的释义相配。这里涉及翻译中经常要碰到的一个问题：如何在多义词的不同义项中，挑选最贴切的那个释义。le service除行政部门、公用事业部门等释义外，还有上菜、端上桌的菜等释义。l'office除办事处、事务所的释义外，还

> 有通厨房的配餐室这一释义。孰取孰舍，当以上下文间的关系为准。而这种关系，自然也是要凭感觉来琢磨，来把握的。

有一段提到，父亲把爷爷留下的表给昆丁，对他说：

"……很可能——令人痛苦地可能——你靠了它可以获得所有人类经验的reducto absurdum [拉丁语，意为归谬法]，这种归谬法没有给你父亲的父亲和祖父带来好处，也不会对你有什么好处。"

1995年译文版的《喧哗与骚动》中，这一段改作：

"……你靠了它，很容易掌握证明所有人类经验都是谬误的reducto absurdum，这些人类的所有经验对你祖父或曾祖父不见得有用，对你个人也未必有用。"

后一种译文，至少作了三处较大的修改：
一、前译中的"令人痛苦地"乍一看消失了——其实变成了一个"很"字。原来英文excruciatingly一词，可作"令人痛苦地"，亦可作"非常"讲（excruciating poverty 就是"赤贫"的意思）。根据上下文（context），揣摩全句的意思，后译取了"非常"之义。
二、"获得所有人类经验的reducto absurdum"，改成了"掌握证明所有人类经验都是谬误的reducto absurdum"。这一修改，当是字斟句酌、细细审视原文"to gain the *reducto absurdum* of all human experience which……"的结果。

三、对上面这个which 的逻辑主语有了新的认识，从"这种归谬法"改成"这些人类的所有经验"。

51

林疑今先生译海明威的A Farewell to Arms，译本再版多次。

小说第十九章里提到一个"来自旧金山的意大利人"爱多亚。1940年的译本《战地春梦》里，人家冲爱多亚说："你不过是个旧金山的洋鬼子。"

1957年（新文艺版）和1980年（译文版）的译本《永别了，武器》里，这一句都作："你不过是个旧金山的外国赤佬罢了。"

1995年（译文版）的译本《永别了，武器》里则作："你无非是个旧金山来的意大利佬罢了。"

原文是"You're just a wop from Frisco."两相对照（wop是俚语，指美国移民中的意大利人或他们的后裔；Frisco在口语里指San Francisco，亦即旧金山），译文的确是愈改愈好了。

52

我的译作,都是七改八改改出来的。不仅自己改,有时朋友、读者也帮着改。

从翻译《追寻逝去的时光》第一卷起,一直与涂卫群女士保持通信联系(起先是信,后来是e-mail)。多年来,她"亦步亦趋"地校阅拙译初稿,对照法文原书提出许多中肯的修改意见。倘若没有她的帮助,拙译第一卷、第二卷以及手头正在译的第五卷,不会有现在的面貌。

《追寻》第一卷由译文出版社出版后,北京读者李鸿飞先生给我写了一封长信,其中特别提到,有一个原文写得相当晦涩的段落,我可能没有读懂它的含义。那是在第一部"贡布雷"中,主人公看到一个农家女孩,回忆起"当初在贡布雷宅子的顶楼,在那个闻得到鸢尾花香的小房间里",他曾把"内心刚刚萌动的种种想望和欲念"向窗外的塔楼倾诉过。接下去的拙译含混而费解:

我靠自己开出了一条路,起先那仿佛是条没有指望的死路,但临了终于显出了一道生来就有的印迹,犹如蜗牛在探进小屋的野蔍子树叶上留下的印迹。

经李先生提醒后,我顺着青春期"萌动的种种想望和欲念"这一线索,反复推敲看似扑朔迷

离的原文,把译文改成:

  但当探进小屋的野蘸子树叶添上一道犹如蜗牛爬过留下的黏痕那般的、受诸上天的印痕之时,我终于给自己开辟了一条原以为没法打通的陌生通道。

  句子有些拗口,算不得好译文。但先前挡在文字跟前的障碍,现在撤除了。作者不愿明说的东西,读者应该可以从译文中咂摸出是怎么回事了。

53

  高克毅先生用乔志高的笔名,以翻译《大亨小传》著称。(小说原名 *The Great Gatsby*,大陆通常译作《了不起的盖茨比》。)若干年前,他写了一篇《大亨与我——一本翻译小说的故事》,里面"不打自招",披露了译本中一个"绝大的'事实错误'(error of fact)"。

  小说第七章里,有这么一句:"记得那次我从'酒钵号'游艇把你抱上岸,不让你鞋子弄湿,你那时没爱我吗?"高先生说,他从上文的"鞋子弄湿",想当然地以为 Punch Bowl 是一条游艇。"我一时懒于查书或请教高明,弄出个'酒钵号'游艇,完全是瞎猜,自以为八九不离十;书出后不免怀着鬼胎,但始终也没设法去追究。"这儿,"不免怀着鬼胎"写得很生动。

后来,高先生去夏威夷,碰巧看见了公路指向牌上的Punch Bowl,"大吃一惊"。问过朋友,这才明白Punch Bowl是火山遗址,位于著名的旅游胜地加比奥兰尼公园。

如果《大亨小传》再版,高先生想来一定会把这艘游艇换掉。

54

译文需要打磨,在更多的情形下是由于"翻译度"不够。对此,杨绛先生有过一段精辟的论述:

> 从慢镜头下来看,就是分解了主句、分句、各式词组之后,重新组合的时候,译者还受原句顺序的束缚。这就需要一个"冷却"的过程,摆脱这个顺序。孟德斯鸠论翻译拉丁文的困难时说:"先得精通拉丁文,然后把拉丁文忘掉。""把拉丁文忘掉",就是我说的"冷却"。

这是前辈的经验之谈,是把译文改好的"秘笈"。

查词典这道坎儿

55

高先生的好友宋淇（林以亮）先生在一篇谈翻译的文章里写道："明明在字面上是清清楚楚而无可置疑的意义，有时不是另有所指，就是另有含意，令人防不胜防。"

他举了几个电影片名为例。奥黛丽·赫本主演的 *Roman Holiday*，宋先生认为译作《罗马假期》（大陆译作《罗马假日》，意思并无二致）"有所欠缺"，因为原名"根本是英文成语，另有所指"，他引用《韦氏大字典》上的释义 entertainment or gain acquired at the expense of others' suffering or loss: so called from the gladiatorial contests waged as entertainment in ancient Rome，说明"所谓'假期'实指：建筑在他人的痛苦上面的快乐或享受。"

另如玛丽莲·梦露主演的 *Some Like It Hot*，通常译作《热情如火》。但"《韦氏大字典》中有一段关于 hot 的解释，指某一种爵士音乐"。所以影片中，冒充石油大王的东尼听到"梦露说她是女子爵士乐队的队员"时，才会用不屑的口气说I prefer classical music（"我可喜欢古典音乐"）。

我注意到，宋先生都是查的"《韦氏大字典》"。我也查了一下手边的《韦氏大字典》（版本跟宋先生的大概有所不同），才又知道，Roman holiday的出典是拜伦《恰尔德·哈罗尔德游记》中的诗句：gladiators（角斗士）"butchered to make a Rome holiday"（相互杀戮供罗马人作乐）。拜伦的这首长诗，剧作家想必不会不熟悉，选用这个"成语"作为一部富有喜剧色彩的爱情片的片名，看来是有其匠心在的。

56

高先生声称"我翻译一般现代英文作品，照例并不先查字典然后下笔"。

于是，我代高先生查了《韦氏大字典》。Punch Bowl 单列一个词条，而且第一项释义就是"夏威夷火努鲁鲁附近的一个火山口"（A crater near Honolulu, Hawaii）。

查一下词典，真可谓唾手可得。可惜高先生不仅"照例并不先查"，而且"下笔"后也懒得查，以致到了夏威夷的公路上才"大吃一惊"，那真是可惜了。

57

回到宋淇先生。他还举了个例子,也是影片译名。"Who's Afraid of Virginia Woolf? 香港某报译为《谁怕又贞又淫的女人?》那当然是在望文生义!台湾某报则译为《谁怕维吉尼亚州的狼?》其想象力之丰富可与港译媲美。"

大名鼎鼎的英国女作家弗吉尼亚·吴尔夫(Virginia Woolf),成了弗(维)吉尼亚州(Virginia)的狼(wolf),真有点黑色幽默的味道。

58

《大卫·考玻菲》最后一章,狄更斯在作一次最后的回顾。他看见自己和爱格妮"在人生的路途上前进",看见他俩的孩子和朋友在身旁"追随回绕";"and I hear the roar of many voices, not indifferent to me as I travel on."

这后半句,我看到三种译文:

> 我听到许许多多的喊声,在我仆仆的征途上,并非使我漠不关心。

> 我也听见当我前进时对我不无关心的许多声音。

烟波万里客到门(《大卫·考玻菲》第六十三章)

《老人与海》插图

我也听见当我前进时许多人对我还不算冷淡的响亮评论。

indifferent可作冷淡、漠不关心讲,也可作无关紧要讲。not indifferent to me,是那些喊声"并非使我漠不关心",还是那些声音"对我不无关心"(此译似有语病),抑或是"响亮评论"对我不算冷淡呢?我琢磨,既然这组词的主体是the roar(喧闹),那么作者的意思想必是说,这些喧闹的声音"对我来说并不是无关紧要的"。

对不对呢?姑且存疑。

59

《福尔摩斯探案全集》是一个不错的译本,曾获第一届全国优秀外国文学图书奖——不仅封面,就连书脊上都印着这些字样。

《血字的研究》里,侯波问考泼(一个摩门教徒)露茜怎么样了,考泼回答说她刚嫁给小锥伯,"昨天结婚的,新房上挂着的那些旗帜就是为了这个。"光看译文,不觉得有什么异样,只是不懂新房里何以要挂旗帜。但一看原文,"新房"对应的是个专有名词Endowment House,查原版词典,可以知道这是摩门教举行宗教仪式的场所,因而后半句话似宜改为"所以圣仪堂都挂了旗呢"。当然,圣仪堂不妨再加个注。

《四签名》第四章,塞笛厄斯·舒尔托向

福尔摩斯和华生叙述发现父亲暴死的经过情形，说到案发的第二天早晨"在他的箱子上钉着一张破纸，上面潦草地写着：'四个签名'"。原文是：upon his chest was fixed a torn piece of paper ... 其中chest既可作"箱子"讲，又可作"胸口"讲。偏偏这里"箱子"就讲错了。何以见得？后文第十二章里，凶犯斯茂交代说，那天晚上，他进了舒尔托的房间，看见舒尔托已经咽气，一怒之下，把纸条"别在他的胸前"。这里的原文是：I pinned it on his bosom，别在胸口是确凿无疑的。

不查词典不行，不看上下文也不行——哪怕下文在相隔七章之遥的地方，也得接上这个茬。

60

《老人与海》开篇，老人叫孩子去play baseball。手头的四个译本，有三种不同的译法：

"打棒球"（1962年张爱玲译本；1995年吴劳译本）；

"玩垒球"（1979年海观译本）；

"打篮球"（1987年吴钧燮译本）。

显然，只有"打棒球"是对的。棒球小而硬，垒球（softball）则稍大些，里面用丝或其他纤维缠成硬团，外面包着软皮。篮球（basketball）跟棒球可真是"浑身不搭界"了，只不过用江南方言念起来，"篮球"、"垒球"

确实很容易混淆。

61

其实,查词典可以说是对译者最起码的要求(想想鲁迅先生说的"字典不离手,冷汗不离身"吧)。可是它却仿佛成了道"坎儿",多少好汉居然就栽在了这上头。

语法与逻辑

62

《简明不列颠百科全书》的词条"诗"（poetry）中，举了一个例子。英国小说家、诗人吉卜林为死于第一次世界大战之中的几个士兵写了一组墓志铭，也就是一组短诗。其中有一首，是为一个想临阵逃脱、被战友执行处决的士兵写的：

I could not look on Death, which being known,
　　Men led me to him, blindfold and alone.

这本辞书上的译文：

　　我认识死，我不能面对死，
　　人们领着我去死，盲目地、孤独地。

不仅"把押韵的诗变成不押韵的不诗"（赵元任语），而且给人的感觉是云里雾里，不知所云。

这首只有两行的短诗,绿原先生也译过:

恕我未能正视死亡,尽管当时惊险备尝,

只因把我两眼蒙住,人们让我孤身前往。

韵脚很整齐,读来也琅琅上口,但是"当时惊险备尝"云云似乎有点蹊跷:原诗有这意思吗?诗人很清楚自己是在给谁写墓志铭,他写出来的短诗,应该说意思也是清楚的:我(这个士兵)没能正视死神(Death),这一点让人(战友)觉察了,他们蒙上我眼睛(我就是blindfold的了),送我孤零零地(alone)去见它(死神)。

所以,我更欣赏黄杲炘先生的译文:

我未能正视死神;人们一觉察,
便蒙上我眼睛,单送我去见它。

细细想来,问题恐怕就出在那个which上。《简明不列颠百科全书》中这一词条的译者也好,绿原先生也好,想必都以为它的先行词是Death,所以译成了"我认识死"或"惊险备尝"(死亡的滋味,我知道了)。而从黄先生的译诗,可以看出他是把整个I could not look on Death 作为which 的先行成分的。

63

《简·爱》第五章,简·爱刚被送进劳渥德义塾。她看见"身体结实一点的姑娘们跑来跑去,在做活动力强的游戏"。

这个译本中的"做活动力强的游戏",原文是engaged in active games。译文的意思并不错,只是——中文里好像没这么说的。

另外两位译者分别译为:

> 身体比较健壮的几位姑娘窜来奔去,异常活跃。

> 身体强健些的姑娘仍在跑来跑去,做剧烈的活动。

两句都没有点明"游戏"(games),想必是加了这两个字,搭配有些麻烦。"做异常活跃的游戏"?"做剧烈的游戏"?都不行。

要把这句简单的话说好,还真是不容易呢。"使劲地蹿来奔去,做着游戏"?"跑来跑去,在做剧烈活动的游戏"?

《简·爱》插图

64

《包法利夫人》，我手边有五个不同的译本。

小说第二部里提到，镇上的药房老板写信托书商给爱玛寄书，"书商漫不经心，就像给黑人寄铜铁器皿一样，把当时流行的善书，不管三七二十一，统统寄了过来。"——五个译本中最早的译本这么译，以后各译本都将"铜铁器皿"换成了"五金制品"或"五金器具"，但总体上大同小异。这句话真是很费解，给黑人寄五金制品，这算什么意思？

存疑，是细查词典的出发点。原来，quincaillerie一词除有"五金制品"的释义外，还可作"假首饰"解。用这种玩意儿去打发黑人，骗他们的钱，正是十九世纪有些白人的行径。所以，福楼拜原意是说，那书商就像给黑人发送假首饰那般，漫不经心地打包寄来一批时下行销的宗教伦理书籍。

这样，是不是就比较说得通，比较合乎情理，或者说比较合乎逻辑了？

65

要使译文表达得准确、鲜明而生动有力，还得讲究修辞。仍从吕叔湘先生翻译的《伊坦·弗洛美》中举例。

小说中有这么一句话：Sickness and trouble; that's what Ethan's had his plate full with, ever since the very first helping. 吕先生译作："病痛和祸害，这是伊坦的家常便饭，从他能吃饭时候算起。"王宗炎先生感叹说："我起先看到这话，想了半天想不出一个人人看得懂的译法，哪晓得吕译竟那么明畅老练！"

王先生还说："吕先生的中文辞汇是那么惊人的丰富，无论是古文、白话、成语、俗谚、行话、切口，他都兼收并蓄，到了下笔翻译的时候，简直是源源而来，左宜右有。"例如，Now and then he turned his eyes from the girl's face to that of the partner, which, in the exhilaration of the dance, had taken on a look of impudent ownership. 吕先生的译文堪称神来之笔："他时而转移他的目光从女子的脸上到她的舞伴的脸上，那张脸在跳舞的狂热之中俨然有'佳人属我'的精神。"

又如，Now, in the warm, lamplit room, with all its ancient implications of conformity and order, she seemed infinitely farther away from him and more unapproachable. 在吕先生笔下，这个句子妥帖而生动地译成："这会儿在温暖的有灯亮的屋子里头，自古以来的伦常和规矩好像都摆在这儿，她变得辽远而不可接近。"

《欧也妮·葛朗台》插图：欧也妮·葛朗台小姐。

66

有时，还必须用一些另类的修辞手段。

傅雷先生的《欧也妮·葛朗台》译本中，

葛朗台老爹说自己的女儿"比我葛朗台还要葛朗台"。细心的读者读到这儿,心里难免会生出一丝疑窦:这话是巴尔扎克的"原话"呢,还是傅雷先生的"再创造"?

查一下原文,就可以知道傅雷的这句译文,完全是巴尔扎克的原话:elle est plus Grandet que je ne suis Grandet. 把名词用作形容词的修辞手段,译文中"原汁原味"地沿用了。

67

翻译中有些疏忽,有点闪失,是在所难免的。但若能在下笔时,从语法(对和不对)、修辞(好和不好)和逻辑(说得通不通)的角度审视一下译文,情况就会好得多。

古文修养还是要的

68

许多年以前看满涛先生译的果戈理小说，不知什么原因，对"二人同心，粪土成金"这几个字印象特别深。后来，在《世说新语·言语》篇中读到"《易》称：二人同心，其利断金；……"骤然想到，满涛那八个字，不就是从中衍化而成的吗？看满涛先生译文时，记得他还健在——那该是有些遥远的过去了。时至今日，篇名乃至书名都忘了（但能肯定，不是《死魂灵》），这八个字却带着几分奇巧的色彩留在了脑海里。

果戈理小说插图

69

尘元（陈原的谐音笔名）写过一本有趣的小书《在语词的密林里》。里面提到，有一首英格兰民歌 Drink to me with thine eyes，半个世纪前王光祈译作《饮我以君目》，"虽则用的是文言，但情意绵绵，活跃于纸上，时人译为'你用秋波向我敬酒'，白则白矣（好懂得多），但听了总觉得缺少一点什么。"

"可知语言有它的奥秘（mysteries），有点神乎其神的味道。"这是陈原先生的点睛之笔。

70

说到eyes，想起苏秀女士回忆的一段往事。1984年她为译制片《李尔王》整理口型本。格洛斯特伯爵被挖去双眼后，在旷野里遇到了儿子埃德加。埃德加看见父亲眼睛上缠着血迹斑斑的布带，惊呼道："Oh, my sweet eyes!" 翻译译成："噢，我亲爱的眼睛！"苏秀想来想去觉得不对头。大家一起查看朱生豪先生的译本，上面也是这样译的。她实在放心不下，让翻译"抱来一本厚厚的大词典"细细查阅。结果终于查到了my eyes作为感叹语时的释义"天哪！"

朱生豪先生是我极为钦佩的翻译前辈。但正如Pope所说，To err is human（人人难免出错），何况当时朱先生手边的词典未必有如今这么完备呢。

71

李丹先生译《悲惨世界》，可谓"十年磨一剑"。译文中描写滑铁卢战场的夜景：

> 夜色明静。天空无片云。血染沙场并不影响月色的皎洁，正所谓昊天不吊。

其中末一句，原文为 Ce sont là les indifférences du ciel. 意思是：由此可见上天的漠然。用"正所谓昊天不吊"译，文采斐然，堪称精彩。

可惜的是，"昊天不吊"语出《诗经》（意谓苍天不怜悯保佑），对今天的读者来说，恐怕太文了些（不好懂了）。

72

manifold 是个常用的数学名词，指一类外延很广的抽象空间。从字面上看，它是由 many 加后缀"fold"构成的。前辈数学家姜立夫先生把它译作"流形"，显然是从文天祥《正气歌》里"天地有正气，杂然赋流形"的后半句脱胎而来。它在法文中的对应词是 variété，原义为"多样性"等等。

"流形"因"杂然"而得"多样"的神韵，又由一个"形"字坐实了空间的本义，堪称绝译。

73

读精彩的译作，常会感到里面有一种古文修养的底气。这大概正如鲁迅先生在《坟》的后记中所说，因为读过许多旧书，耳濡目染，影响了白话作品，"常不免流露出它的字句，体格来。"

也许，不妨套用黄永玉先生一幅漫画的配词：可见古文还是要一点的。

李丹先生留法回国后，在昆明大学当教授——教授小提琴。他译《悲惨世界》，说十年磨一剑，大概是不为过的。那种浪漫主义的氛围，那种浓郁的时代感，那种充满激情、拨动读者心弦的行文遣句，有时简直叫人叹为观止。从总体上说，我以为他的译文是堪称难得的精品——尽管李丹先生好像名头并不是那么大。

译余偶拾 65

一名之立

74

莫泊桑的小说 *Bel-Ami*，先后有过《俊友》（李青崖译）、《漂亮的朋友》（何敬译）的译名。王振孙先生重译此书时，考虑到 Bel-Ami 在书中时以称呼语出现，遂将译名改易为《漂亮朋友》。

对这个译名，吴岩（孙家晋）先生提议过干脆就用"小白脸"，爰记于此，供日后复译者参考。

75

杰克·伦敦笔下的 burning daylight，既是小说书名，又是小说主人公的绰号。所以，单译《灼人的阳光》显然不妥。那个两全其美的译名《毒日头》，据裘柱常先生在"中译本初版后记"里说，他是"采用《北京俚曲》（上海太平洋书店版）的《打新春》'……六月里，属三伏，天长夜短日头毒'的意思"。

其实，吴语中好像也有这个讲法。曾见《新

民晚报》有一则报道，第一句就是"凉了一夏，不想秋来却遇毒日头！"

76

《魂断蓝桥》（*Waterloo Bridge*，直译为《滑铁卢桥》）、《翠堤春晓》（*The Great Waltz*，直译为《伟大的圆舞曲》）、《孤星血泪》(*Great Expectations*)和《雾都孤儿》（*Oliver Twist*）这些电影片名，都称得上过目难忘、历久弥新。

译文出版社把狄更斯的小说收进"世界名著普及本"系列时，沿用了《孤星血泪》和《雾都孤儿》的译名。但在新近出版的19卷本狄更斯文集里，书名分别译作了《远大前程》和《奥立弗·退斯特》。

文集不同于普及本，书名直译，自有一种严肃的意味。

77

而且，书名直译（几乎可以回译）似是时下的一种趋势。眼前正好有一张封面样稿，书已付型，英文原名*Edible Woman*，中文译名就叫《可以吃的女人》。

78

但书名的翻译，真可谓仁者见仁，智者见智。

好多年前,丰华瞻先生就曾断言:"把 Oliver Twist 译为《雾都孤儿》,比译为《奥利佛·退斯特》好,因为前者点明了地点(雾都,即伦敦)和人物(孤儿)。"

金圣华教授(《傅雷家书》中原来用外文写的词句,她译配得丝丝入扣、浑然天成)亦对《永别了,武器》和《了不起的盖茨比》之类的译名不以为然,认为"《战地春梦》及《大亨小传》其实已是译名中的经典杰作"。

79

在读者,除了口味,似乎还有个习惯问题——有时候,"先入为主"的译名,几乎是根深蒂固的。《鲁滨孙飘流记》就是一例。

黄杲炘先生在新译本《鲁滨孙历险记》的译者前言里,用两页篇幅历举书名改易的理由,说明"在笛福的笔下,鲁滨孙一生之中从来都不曾'飘流'过!"新译本问世一年有余,销路很好,但许多人还是习惯说《飘流记》;这个并不准确的书名,也仍不时会见诸报端。

习惯的改变,是要假以时日的。

80

董桥先生写过一篇文章,名叫《"神话"的"乐趣"——罗兰·巴塞的著作与思想》。其实,这位法国作家 Roland Barthes 的姓名,最后的那三个字母都不发音，所以比较接近的读法是罗朗·巴特。

文中提到"一九五五年，巴塞写一篇文章批评法国小说家洛普克利列（Alain Robbe-Grillet）的小说"。被批评的这位新小说派作家，姓的读法接近于罗布-格里耶，末尾的读法离"克利列"的英文读法（？）相去甚远。

董先生在另一篇文章里提到："这就等于'赛因'河的'因'字不必写成'茵'一样。"这条河想必就是巴黎有名的Seine河了。没错，照英文的读法，它是赛因河，而且的确不必写成"赛茵"。但是，法文里它的发音是更接近"塞纳"的。

81

都说法语的读音比英语容易，因为大体上是有规则可循的。但怕就怕例外，而例外又往往落在地名、人名的读法上。

Marguerite Duras以一本《情人》而风靡一时。她的姓究竟该译"杜拉"，还是"杜拉斯"？问身边的法国人，居然也人言言殊，两种读法都有。王道乾先生当初译成"杜拉"，我猜想可能有两个原因，一是问过法国朋友，二是援引仲马（Dumas）父子姓氏的译法。

直到有机会得到法国名演员德纳芙灌录的一盘小说朗读磁带，清楚地听到她读若"杜拉斯",心里才有了底。

82

说到大仲马和小仲马,这父子俩的姓氏Dumas,原是该读若"迪马"或"杜马"的(差不多就介于这两个读法之间)。

但仲马已经是约定俗成的译名,不宜改了。林纾译的《巴黎茶花女遗事》"是第一部外国文学名著译本"(施蛰存先生语),不知小仲马这个译名,是否跟林纾先生的福建乡音有关系——把Holmes译作福尔摩斯的,好像也是他老人家吧。

83

陈原先生称赞"香榭丽舍"(法文Champs-Elysées的音译)"这四个字多美呀!一幅令人神往的街景:一幢又一幢别致的房屋(榭,舍)散发着一阵一阵香气,美丽极了。"

他还说:"至于诗人徐志摩给意大利的文化古城佛罗伦萨写上三个迷人的汉字——翡冷翠(从当代意大利语Firenze音译),翡翠已绿得可爱,何况还加上一层寒意(冷),那就太吸引人了。"

有道是,"凡不知人名地名声音之谐美者(do not take a special pleasure in the sound of names),不足以言文。"(见钱锺书先生《谈艺录》)陈原先生可谓知音也。

惹得读者向往

84

狄更斯的小说《马丁·瞿述伟》第四章里,形容一个花花公子"自以为年轻,可到底还是从前比现在年轻"。

方平先生说:"不知别人怎么样,我自己是读了译文'可到底还是从前比现在年轻'才充分领会到原文'but had been younger'的讥讽和幽默的意味,不禁为之失笑。"

我从中感觉到了叶维之先生的才情和方平先生的胸襟。

85

钱锺书先生在《林纾的翻译》中说:"接触了林译,我才知道西洋小说会那么迷人。我把林译里哈葛德、欧文、司各特、迭更司的作品津津不厌地阅览。假如我当时学习英文有什么自己意识到的动机,其中之一就是有一天能够痛痛快快地读遍哈葛德以及旁人的探险小说。"

按钱先生的说法,这些译作"惹得"有些读

者"对原作无限向往"。

86

《傲慢与偏见》里的班纳特太太,写得(而且译得)惟妙惟肖,活灵活现。开篇的那句"他倒作兴看中我们的某一个女儿呢",曾使读初中的我不胜神往:一个简单的perhaps,排了斜体,就不再是干巴巴的"也许",而成了如此传神的"作兴"!

87

达西给伊丽莎白的那封信,也曾惹得我"无限向往"。

"请你赏个脸,看看这封信,好不好?"(《傲慢与偏见》第三十五章)

> 小姐:接到这封信时,请你不必害怕。既然昨天晚上向你诉情和求婚,结果只有使你极其厌恶,我自然不会在这封信里旧事重提。……我所以要写这封信,写了又要劳你的神去读,这无非是拗不过自己的性格,否则便可以双方省事,免得我写你读。因此你得原谅我那么冒昧地亵渎你的清神,……

我觉得,傲慢而又委屈的达西先生,一定就是这么措辞的——倘若他用中文来写的话。

88

几十年后的今天,回过头去看王科一先生三十一岁时的译作,仍然觉着那么亲切。

后来的修订本,将方言色彩过浓的"作兴"改成了"兴许",这是必要的,我明白——但"作兴"藏在了我的心底。

89

傅雷先生也是我青年时代崇拜的翻译家。《约翰·克利斯朵夫》里的一些段落,至今难以忘怀:

>……克利斯朵夫靠在一株树上,听着,望着春回大地的景象;这些生灵的和平与欢乐的气息把他感染了……突然他拥抱着美丽的树,把腮帮贴着树干……生命的美,生命的温情,把他包裹了,渗透了。他想道:'为什么你这样的美,而他们——人类——那样的丑?

>说话,亲吻,偎抱,都可以淡忘;但两颗灵魂一朝在过眼烟云的世态中遇到了,认识了以后,那感觉是永久不会消失的。安多纳德把它永远保存在心灵深处,——使她凄凉的心里能有一道朦胧的光明,像地狱里的微光。

我向往着能看看原文里这些美妙的话是怎么说的。终于有一天，在已经当了大学数学教师以后，我每星期到外语学院的蓝鸿春老师家里去一次，悄悄地学起了法文。

要加"催化剂"

90

郝运先生于我,是亦师亦友的关系。一开始,有位朋友把我的"处女译"(西蒙娜·德·波伏瓦的一个中篇)拿去请他看。记得郝先生看后说了两点,一是中文底子不错,二是很"化得开"。

CD封面上的科岗

过了相当长的一段时间,在我已经很熟悉他以后,我才领悟到,那两点虽然都有勖勉之意,但后一点还含有提醒我更紧贴原文的意思——不能说其中有贬义,但至少不完全是褒义。

91

比如,在我和他合译《四十五卫士》这部长篇小说的过程中,我的译稿每页都经他仔细过目,几乎每个页面上都有粗铅笔作的改动或注明的修改意见,有些页面简直成了"大花脸"。

卡尔·弗莱什在《小提琴演奏技巧》里说,最好的学习方法,是到演奏家的工作室去看他练琴。郝运先生在我的初稿上作的批改(包括批

注），在某种意义上，就是让我看到他是怎么"练琴"的。

92

很多年前，乌克兰出生的小提琴家科岗来沪开独奏专场。临上台前，他在后台专注地用慢弓拉空弦，拉得很慢很慢，就是一个单音，声音很轻，但始终不绝如缕。这是陪他候场的中国同行说的。

我觉得，郝运先生教我拉的那个"单音"，就是紧贴原文。

93

他对我说，要细细琢磨作者为什么这样写，为什么用这个句子，而不是用另一个句子来写。

他还对我说，翻译在他看来不是物理反应，而是化学反应，有时需要添加催化剂。

前一句话，强调的是紧贴原文。后一句话，我觉得是说要避免死译。

94

法国当代作家图尼埃的中篇小说《铃兰空地》里，有一句描写好天气的话，说天气好得像indestructible（不可毁灭的，破坏不了的）一样。

郝运先生把这句话译得恰到好处："天气好

得出奇,就像永远永远不会变坏似的。"

我体会,这就是所谓添加"催化剂"。

95

郝先生说我中文底子不错,意在鼓励。其实我是学数学出身,中文底子薄,所以,一有机会就想向人请教该看些什么书。

汝龙先生劝我多读《水浒》,并举了林冲风雪山神庙那一段,说这等叙事状物的好手段,搞翻译的人可以从中学到许多东西。

王辛笛先生得知我在译普鲁斯特,就要我读读废名的作品。辛老还用诗的语言给我提了译文的要求:缠绵。

黄裳先生当时跟我住同一个弄堂。我走进那幢有高高的榆树蔽荫的大楼时,很自然地想起了他那本《榆下说书》。忝为邻居,我向黄先生请教读书翻译之道。他建议多读《聊斋》。谈到翻译,他很不喜欢媚俗的文风。

陈村先生跟我说过,不妨多读《史记》文章和鲁迅书信。他还推崇沈从文的《湘行散记》。

郝运先生呢,记得就在我初次登门拜访之时,建议我每天看一点中国作家的作品。他说自己挺喜欢李广田的小说和散文。

96

我真想能有时间,放下杂务,甚至放下翻

译,好好地多读些书。可我不禁要自问:还可能吗?

(附记:陈村看到这一小段后,对我说:当然可能,只要少看报就行。)

"透明度"更高的翻译

97

电视台早些时候播放过影片《夏天的故事》。一开始觉得挺亲切,因为这就是《苹果树》呀。看着看着,却有些失望起来,它毕竟不是我心目中的《苹果树》。

高尔斯华绥的小说《苹果树》(*The Apple Tree*),最先是从商务印书馆出的英汉对照读物丛书里看到的,译注者的名字很陌生,叫移模,显然是笔名。后来(过了十六年,也就是到了1979年)重新印刷时,版权页有一行小字:"第一次印刷署名'移模',现译者决定改用今名"。这个"今名"黄子祥,我仍然觉得陌生。但是我对这本薄薄的小书,始终特别钟爱,对这位陌生的黄先生,一直怀着感激的敬意。

因为,这是我最难以忘怀的英汉对照的小说。记得当时,一句句对照着读,越读越佩服"移模"。

《苹果树》封面

98

现在,手头又有了其他译本(而不是对照的译注本)。但随手翻翻,感情的天平似乎还是向着"移模"倾斜。

主人公艾舍斯特一边吃饭,一边接受可爱的三姐妹有关他体育才能的"盘问","and he rose from table a sort of hero."译注本作:"吃完饭站起来的时候,他俨然是个英雄了。"

我不明白,另一个译本何必译得这般累赘:"于是,等到吃完午饭站起来的时候,他几乎已经成了一位英雄。"

99

接下去,艾舍斯特的老同学哈利德(也就是那三姐妹的哥哥)游水时腿抽筋,幸亏艾舍斯特及时把他救了回来。于是,"大家穿衣服的时候,哈利德静静地(quietly)说:'老朋友,你救了我的命!'"这儿,黄先生用"静静",简单而传神。

另一译本是这样译的:"在穿衣服的时候,哈利迪镇静地说:'老兄,你救了我的性命!'"

100

对照的翻译,比一般的翻译难,因为它"透明度"高。而《傅雷家书》里的译注,又添加了一层难度：傅雷先生当年跟儿子通信，大概并没有想到日后会汇编出版，所以他碰到觉得用外文词句更便于表达意思的时候，就很自然地把它们一个个、一句句"镶嵌"在了中文里。这一类文字，正如完成这一译注工作的金圣华女士所说，"又通常是最不容易以中文直接表达的"。

101

《家书》中有一处，傅雷提到儿媳弥拉年轻不更事，收到礼物后毫无表示，希望傅聪能从旁提醒，"——但这事你得非常和缓的向她提出，也别露出是我信中嗔怪她，只作为你自己发觉这样不大好，不够kind，不合乎做人之道。"

金女士说：

> 此处'kind'既不能译为"客气"、"仁慈"，又不能译为"贤慧"、"温柔"，字典上列出的解释，好像一个都不管用。西方人似乎很少会对儿媳谆谆劝导，此处的'kind'，我考虑再三，结果译了"周到"两字，这样就比较语气连贯，后文提到说这一切做法都是为了帮助她学习'live the life'，也就顺理成章译为'待人处世'了。

102

英语中的 I am flattered 是自谦的说法，相当于我们说的"过奖了"、"不敢当"或"不胜荣幸"。傅雷在写给傅聪的信上称赞他勤于练琴:"孩子,你真有这个劲儿,大家还说是像我,我听了好不flattered!"

　　金女士把这个flattered译成"得意",嵌在原句里,称得上丝丝入扣。

格物与情理

103

叨为吴劳先生(装着一肚皮美国文学的翻译家,《老人与海》、《马丁·伊登》的译者)的同事,常听他教诲格物"那亨格要紧"(苏白,如何之重要)。格物,本义是推究事物之理。吴劳说的格物,含义更广一些,有时就是弄明白一个词(或词组)究指何物的意思。

104

温庭筠《菩萨蛮》中"小山重叠金明灭,鬓云欲度香腮雪"一句,因"小山"之义难以坐实,被黄裳先生判为"千古之惑"。

历代注温词者,大都以为"小山"是屏风上的山。

夏承焘说是眉山,即唐玄宗令画工画的十种眉样之一,俞平伯先生不同意:"若'眉山'不得云'重叠'。"

沈从文先生在《中国古代服饰研究》中说:"唐代妇女喜于发髻上插几把小小梳子,当成装

史朵夫和麦尔先生(《大卫·考玻菲》第七章)

饰，……温庭筠词'小山重叠金明灭'所形容的，也正是当时妇女头上金银牙玉小梳在头发间重叠闪烁情形。"

金克木先生则认为，这不过是古代妇女"早晨起床，头发已不匀不平，高高低低好像一座又一座小山峰重叠了。随着头的晃动，金簪金钗自然忽隐忽现忽明忽灭了"。

后来还有专家、学者提出种种不同的看法。

格物之难，由此可见一斑。

105

董秋斯先生译的《大卫·科波菲尔》第四十四章中，提到朵拉在"用报纸裹头发"。看到这儿，觉得不解。

择婿（《大卫·考玻菲》第四十一章）

查原文，是put hair in papers. 再看张谷若先生的译本《大卫·考玻菲》。张先生译作"把头发用纸卡起来"，同时加注："用稍硬的纸，卷成窄条，把头发一绺绕在上面，然后结起，每绺一条，经过一定时间，头发即鬈曲。"

报纸，想来是弄错了。稍硬的纸卷成窄条，再把头发绕在上面？记得在电影里见过老式的卷发，好像是用稍软的纸，把一绺头发包在里面一起卷曲，然后再"结起"的。从字面看，这样似乎也跟put ... in 比较契合。不过狄更斯时代的卷发纸，或许真是稍硬的，而不是稍软的，也说不定。

106

海明威有部小说里写道：He sent a pneu to her. 有人译作"他送了个轮胎给她。"其实，这里的pneu是法文pneumatique（意为气压传送信件；英文pneumatic则是充气轮胎）的缩写——顺便说一句，海明威在描写巴黎的小说中用到这么一个法文词，并不是太出人意料的事。所以，上面那句话应该译作"他寄了封气压信给她。"

可是，气压信到底是怎么个东西呢？一位细心的读者看了拙译《不朽者》第十四章（都德在这一章里也提到了气压信）的一条脚注后，提出了这个问题。那条脚注是这样写的："旧时巴黎市内用气压传递的急件，一般用蓝纸，所以也称蓝色急件。"说实话，我虽说查过原版词典，但也仍然不很明白这种信件究竟是怎么传递的。

于是，我寄了封信给法国的朋友。承这位朋友耐心作答，才大致弄清楚了气压信（或称急件）是这样传递的：寄信人把写在专用纸上的信件放进一个小筒里，邮局通过专设的地下压缩空气管道，将信件发送往指定的邮局，发送速度为每秒五至十米，对方邮局收到信件后，由专人投送给收信人。巴黎和法国的其他一些大城市都用过这种邮递方式，巴黎直至二十世纪七十年代才停用。这种邮递方式，英文中有个专门的说法：pneumatic dispatch.

107

法文小说中,还常会出现entresol(中二楼)这个词。《包法利夫人》第三部开头,莱昂回到阔别三载的鲁昂,重又见到包法利夫人,"他寻思,是该横下心来占有她了"。接下去,福楼拜写了这么一句:

《包法利夫人》插图

一个人到了中二楼,说话就跟在五楼不一样,阔太太仿佛在紧身褡的夹层里塞满了钞票,铠甲似的保护着贞洁。(on ne parle pas à l'entresol comme au quatrième étage, et la femme riche semble avoir autour d'elle, pour garder sa vertu, tous ses billets de banque, comme une cuirasse, dans la doublure de son corset.)

要弄明白有关楼层的这个比喻,先得格一下"中二楼"和"五楼"的物。原来,介于底楼与二楼之间的"中二楼",有点类似于上海的"亭子间",但多为窗户朝街。在福楼拜的年代,住这儿的通常是看门人之类身份低微的人。有钱人家有时也把中二楼用作厨房。至于五楼,在当时可是正宗的套间,里面的住户都是阔人。

其实,福楼拜作过一个铺垫:

若是在巴黎的沙龙里,[……]这可怜的

书记员挨在一位衣裙镶饰花边的巴黎淑女身边，免不了会像个孩子似的周身直打颤；可是在这儿，在鲁昂的码头，面对这个小医生的妻子，他觉得挺自在，料定对方准会对自己着迷。

中二楼，喻的是"在这儿，在鲁昂的码头"；五楼，喻的是"巴黎的沙龙"。

手边诸前贤的译本中，有三本大致译作"在大厅说话和在阁楼说话就是不一样"，有一本译作"在底层说话和在四楼不同"，另有一本译作"在底楼说话和在顶楼说话就是不同"。原文中比喻的犀利和幽默，似乎有些迷失在大厅、阁楼或底楼里了。

108

情理，跟格物同样要紧。不合情理的译文，不会是好的译文。（即使荒诞派的作品，也应有它的情理可循。）

当年有本很畅销的翻译小说《战争风云》。第四十五章里，海军少将柯尔顿说：

> 他们（指日军）迟早会向东挺进，烧掉德士古的汽油，把旧别克汽车的铁片打到我们身上。

既然日本当时为了发动太平洋战争，正需要美国的石油，为什么又要把石油烧掉呢？这未免太不合情理了。至于"把……铁片打到我们身上"，好像也有些玄乎。

一对原文，发现问题出在burn的翻译上。burn除了烧毁、烧掉的含义，还有燃烧这个合乎情理的含义。burning Texaco oil 不是"烧掉"德士古的汽油，而是把这种汽油当燃料。当然，shooting pieces of old Buicks at us也并不是用别克牌汽车的废铁，而是用这种废铁做成的子弹来射击。

109

揆情度理，给金隄先生带来过"'yes'的苦恼与乐趣"（金先生文章篇名）。商店主顾和女店员之间有这么一段对话：

> "马上送去，行不行？"他说，"是给病人的。"
> "行（Yes），先生。马上就送，先生。"

金隄先生说，一个单音节的"行"字，似乎可以把那种热情、麻利的神态表达得更确切。若用"好的"或"可以"，语气上都有微妙的不同。

　　斯蒂汾（《尤利西斯》中的人物）正要离开学校，校长追上来喊："等一下。"斯蒂汾答道："Yes, sir."他对校长既尊敬而又觉得他有些可笑，所以这声回答"绝不是绝对服从，而是带着无可奈何的屈就意味"，因而金隄先生译作"我等着，先生"。

绝望的双关

110

"双声与双关，是译者的一双绝望。"这句俏皮话，是余光中先生在《与王尔德拔河记——〈不可儿戏〉译后》里说的。

双声，指声母相同的双声词。"分飞黄鹤楼，流落苍梧野"（孟浩然诗）中，"分飞"、"流落"就是对仗的一组双声词。余光中先生举拜伦《哀希腊》诗中the hero's harp, the lover's lute为例，说"胡适译为'英雄瑟与美人琴'，音调很畅，但不能保留双声。"

非派hero为"英雄"、harp为"竖琴"不可，那眼看就得绝望了。然而，倘允许稍作通融，则不妨译作"豪杰的号角，情人的琴弦"（黄杲炘先生译句），保留"豪、号"，"情、琴"这一对双声词。至于原文中的"眼韵"（h和h，l和l），那恐怕只能割爱了。

奥斯丁的手稿。她的字迹娟秀而整洁，这一点跟巴尔扎克和普鲁斯特大相异趣。

111

奥斯丁是个心思灵活而缜密的女作家。她

的两本特别有名的小说，书名都透着一股俏皮劲儿。Pride and Prejudice，前后两个词起首都是Pr。中译本书名《傲慢与偏见》中，这层信息无法保留。Sense and Sensibility，起首四个字母都一样：Sens。译成《理智与情感》，毕竟也是割爱的译法。

112

余先生将王尔德的名剧 The Importance of Being Earnest 译作《不可儿戏》。这个剧本，另有《认真的重要性》和《名叫埃纳斯特的重要性》的译名。前一译名和《不可儿戏》意思相近，只是显得不够浑成，一眼看去倒像是论文题目。后一译名见于钱之德先生《王尔德戏剧选》，戈宝权先生特地在序言里提到，"这个喜剧不过三幕，剧情的关节在于一个双关语的假想的人名上面，即'埃纳斯特'（Ernest）既可作为人名，由于它的发音和'认真'(earnest)一字相同，又可作为'认真'解释。"这段话不啻是剧本译名的一个注脚。

Ernest是earnest的谐音，语涉双关，当无疑义。但因此说这个人名"又可作为'认真'解释"，一屁股坐实，未免就有点牵强了。

余光中先生是这样处理的：剧名取"认真"义，人名则取谐音译作"任真"——既认真，又不认真，妙就妙在似是而非。

113

双关,是莎士比亚爱使的手段。谐音双关,语义双关,弄得译者一次又一次在绝望的边缘搜索枯肠。

《哈姆莱特》第五幕第一场中,两个掘墓的小丑有一段对话。小丑甲提到亚当,小丑乙问亚当算不算一个gentleman,小丑甲回答说:He was the first that ever bore arms. 其中的arms按说是盾形纹章的意思,可是两个小丑把它跟arm的另一个意思"手臂"拧在一起,造成了双关的效果。

以下是几位前辈的译文。

小丑甲:嗯,是的,这是验尸官的验尸法。(《哈姆莱特》第五幕第一场)

  小丑乙 亚当也算世家吗?
  小丑甲 自然要算,他在创立家业方面很有两手呢。
  小丑乙 他有什么两手?
  小丑甲 怎么?[……]《圣经》上说亚当掘地;没有双手,能够掘地吗?

(朱生豪,《哈姆莱特》)

朱先生干脆撇开了纹章,另起炉灶,在"很有两手"上渲染语义双关的意趣。

  乡乙 他是一位绅士吗?

> 乡甲　他是第一个佩带纹章的。
> 乡乙　什么,他哪里有过纹章?
> 乡甲　怎么,[……]《圣经》上说"亚当掘地";他能掘地而不用"工具"吗?
>
> 　　　　　　（梁实秋,《哈姆雷特》）

这段译文前三句都扣住原文意思,但原文中的"纹章"另有出路,这一点大概让梁先生陷于绝望了——否则何至于用"工具"还特地加引号呢?

> 小丑乙　他可是个士子吗?
> 小丑甲　他是开天辟地第一个佩戴纹章的。
> 小丑乙　哎也,他没有什么文装武装。
> 小丑甲　怎么,[……]《圣经》上说"亚当掘地";没有文装他能掘地吗,正好比没有武装打不了仗?
>
> 　　　　　　（孙大雨,《罕秣莱德》）

arms的语义双关换成了纹章和文装的谐音双关。可惜读到"没有文装他能掘地吗",总觉得稍有些勉强（尽管后半句用武装来补了补场）。

丑二　他也是个大户人家？

丑一　他是开天辟地第一个受封的。

丑二　谁说的，他没有受过封。

丑一　怎么，[……]《圣经》里说亚当挖土：他若是没有胳臂，他会挖土吗？

（曹未风，《汉姆莱特》）

这段译文，在"受封"和"胳臂"两处加了脚注，点明原文语义双关，算是一种妥协的办法。

114

童话中往往也少不了双关的趣味。Alice in Wonderland的第三章，老鼠要给爱丽丝讲自己的故事，它说：Mine is a long and a sad tale! 意思是"我的故事很惨，说来话长！"（吴钧陶，《爱丽丝奇境历险记》）爱丽丝瞧瞧它的尾巴回答说：It is a long tail, certainly, 意思是"当然啦，尾巴很长，"——乍一看，译文似乎有点前言不搭后语。其实在英文里，tale和tail读音完全一样，所以爱丽丝把tale（故事）听成tail（尾巴）自然而发噱。于是吴先生加了个注，说明原文中的双关意义，并提请读者注意"译文中'很惨'与'很长'音相近"。

在赵元任先生早先的译本里，"那老鼠对着

阿丽思叹了一口气,'唉!我的身世说来可真是又长又苦又委屈呀——'阿丽思听了,瞧着那老鼠的尾巴说,'你这尾是曲啊!'"当然,赵先生也得加注点明原文是利用谐音来打趣云云。

115

双关确乎能给小说的行文添上一层诙谐、风趣的色彩。欧·亨利在短篇小说《爱的牺牲》里有段俏皮话。我们看到的译文是这样的:

>乔在伟大的马杰斯脱那儿学画——各位都知道他的声望;他取费高昂,课程轻松——他的高昂轻松给他带来了声望。

原文里,有个很妙的双关。high是高昂,light是轻松,两个词并在一起的highlight,却是美术上的一个术语:高光。所以原文中最后那句his highlights have brought him renown的字面意思是:他擅长表现高光而赢得声望——看原文的读者看到这儿,多半会在心里会意地一笑。

英文本《阿丽思漫游奇境记》插图:It is a long tail, certainly.

文体与基调

116

年轻时看傅雷先生的译作,总觉得巴尔扎克的小说自有一种"野"气,跟书里那些笔法粗犷、线条遒劲的钢笔画(那可真是些出色的插画)很相配。而《约翰·克利斯朵夫》有时给我的感觉,就仿佛能在白皙细腻的皮肤下面,隐隐约约看见淡青色的脉管似的。

傅雷追求的境界,是让读者感到仿佛是作者在用中文写作。因此他在翻译不同作家的作品时,必然会在传达作家的总体风格、遣词造句特点上多下功夫。

117

很多年以前,在报上见过文洁若先生的一篇文章。题目好像叫"不妨临时抱抱佛脚",意思是说动手翻译某个作家的小说之前,不妨看一些跟这位作家风格相近的中国小说。

这有点像运动员赛前的热身,有利于进入状态。

118

洋人也有"临时抱佛脚"的。R·霍华德在开译戴高乐的《战争回忆录》之前,据说花了很多时间阅读各种古典历史名著的英译本,想从中寻觅一种合适的文体。结果他看中了古罗马历史学家塔西佗《历史》的英译本,觉得这个译本的文体正好可以用来译戴高乐,"于是他就心安理得地用之为他的模型"(林以亮,《翻译的理论与实践》)。

119

记得王科一先生在《傲慢与偏见》最早的"译者前记"里提到过,是邵洵美先生建议他采用北京话来译这本小说的。可见当初王先生反复考虑过翻译的基调——也就是文体。

我还保存着1955年《傲慢与偏见》的初版译本,不过当时大概借去看的同学太多了,前面好几页都已残缺不全。而以后的版本,不知为什么,译者前记里的这段话好像删掉了。我问过王先生的女儿王蕾女士,她也记得有过这段话,可惜她手头没有初版的译本了。

《傲慢与偏见》1955年初版译本。记得王科一在译者前记中提到,开译前曾为采用怎样的文体踌躇再三,后来听了邵洵美先生的意见,才决定以北京话作为基调。可惜手边的书已很破旧,缺了这几页。

杂家与行家

120

译小说的,最好是个杂家:历史、地理、植物、心理、音乐、美术、渔猎、打球,样样都懂一点——至少,知道得怎么"恶补"。

傅雷1954年写给宋淇的信上说,巴尔扎克的 *César Birotteau* 一书"真是好书,几年来一直不敢碰,因里头涉及十九世纪法国的破产法及破产程序,连留法研究法律有成绩的老同学也弄不甚清,明年动手以前,要好好下一番功夫呢!"

后来,傅雷终于译出了这本《赛查·皮罗托盛衰记》。以他的为人,下的功夫想必不会少。说他这时已成大半个行家,想必也不会为过吧。

121

翻译专业性较强的书籍和文章,对译者往往是个考验。

辛丰年先生写过篇文章——《对"钢琴"一词的咬文嚼字》。里面举了一些译本音乐术语误译的例子。

房龙《人类的故事》（三联版）里说，"一个名叫吉多的……为我们作了音乐注释的现有体系。"简直有点不知所云。但从"注释"不难猜到原文是note，而这个英文词又指"音"、"音符"。吉多（Guido）则是中世纪法国的天主教僧侣，又是音乐家，我们今天用do、re、mi……读谱唱歌的"唱名法"，就是他首创的。（不过他不用do，而用ut。）所以原文的意思想必是说：吉多创制了我们现在所用的唱名法体系。

尼采《悲剧的诞生》里提到"道白"，但据所附外文Recitivo secco判断，这里说的是"干咏诵调"，它是一种咏诵调（又译宣叙调），跟咏叹调不同，但并不是"道白"。

122

还有两个例子，出自辛先生"多年来不离身的一部好词典"。

overblow释义作"吹（管乐）过响以致基调失真"。其实这是个术语，中文就译作"超吹"。比如在竹笛的某个音位上加一点劲吹，就会吹出一个高八度的音来。

cadenza（华彩乐段）释义作"休止之前歌声的婉转"，就更欠妥了。

好词典也难免有瑕疵。所幸的是，这两处的释义，新版的词典里都已作了修正。

123

一千八百页的厚厚两卷《音乐圣经》,我有时翻翻看看,从中得益不少。编写这种大型的工具书,很不容易,有些瑕疵,在所难免。书中介绍肖邦玛祖卡舞曲CD版本时,提到"措奥格(Ts'ong)演奏版"。乍一看,还不知道这位"措奥格"是何许人也。幸亏Ts'ong透露了信息,原来这位演奏家不是别人,就是傅聪呀。

不知有没有出新版?也许,新版中作了修正?

124

记得在大学念书时,不止一次地感觉到,读数学著作的译本,居然要比读原著吃力得多。这种体验一度使我感到过惶惑。

日前读到王太庆教授大文《读懂康德》,不由得发出会心的一笑:原来在下少时的体验,王先生也有过。请容我摘引王先生的文章:

> 抗战后期在西南联大哲学系 [……] 翠湖中间的那所省立图书馆里,我一连几天借阅胡仁源译的《纯粹理性批判》,可是尽管已经有教科书上的知识做基础,我还是一点没有看懂。不懂的情况和读斯宾诺莎《伦理学》的旧译本差不多,一看就不懂,而且越看越不懂。后来看了Kemp Smith的英译本和

Barni 的法译本，才发现康德的写法尽管有些晦涩，却并不是那样绝对不能懂的。我怀疑汉译本的译者没有弄懂康德的意思，只是机械地照搬词句，所以不能表现论证过程。

翻译，译到读者"一看就不懂，而且越看越不懂"的地步，可谓绝译也。

他山之石——译制片

125

苏秀老师约我去译制片厂,一起看看当年的电影翻译剧本。能有这么一次学习的机会,我当然很高兴。我们选了陈叙一先生翻译的《孤星血泪》、《简爱》和他编辑的《尼罗河上的惨案》三部影片,把片库中所有还能找到的资料全都借了出来,关起门来细细翻阅。

126

《尼罗河上的惨案》的翻译原稿上,随处可见陈叙一的修改笔迹,改动之多,幅度之大,让我感到有些吃惊。我没想到,这么一部堪称译制片经典的影片,翻译剧本竟然是如此惨淡经营,反复修改打磨出来的。赛蒙和林内特在阿布辛焙庙遗址的那场戏,原片中的台词是:

Simon: My God—they're fantastic.
Linnet: I think they are frightening.
Simon: No, they're not.

Linnet: Do you think he'll sing a note for me?

Simon: Why not. You're devine.

Jackie: Welcome to the Temple of Abu Simbel. The façade is eighty-four feet long. Each of the statues of Rameses the Second is sixty-five feet high.

Linnet: Get away from me. Get away. Get away from me.

Simon: Okay, darling. Don't let her spoil everything.

我们看到的译本是这样的：

赛　蒙：天哪，他们好极了。[陈叙一批语：fantastic。定稿本（即经陈改定、演员现场配音的译本）作：天哪，真少见。]

林内特：他们[定稿本作：它们]怪可怕的。

赛　蒙：不，不可怕。

林内特：他会对我唱个曲子吗？[陈批：a note。定稿本：他会对我发出声音的。]

赛　蒙：当然，你是圣女[你真美]。

杰　基：欢迎你们来到桑比庙[陈批：拼音不对，Abu不可漏。定稿本：阿布辛焙庙]，正面有八十四英尺长，雷米兹[陈批：the Second]的各个塑像，第二个像高六十五英尺[雷米斯二世的每座塑像有六十五英尺高]。

林内特：滚远一点，滚开，滚远一点。[滚得远一点儿！滚开！滚得远一点儿！]

赛　蒙：好了，亲爱的。别让她给搅和了[扫了我们的兴]。

　　fantastic是个多义词，在此处有三种释义可供考虑：奇异怪诞的（quaint or strange in form or appearance）；虚幻的，只存在于想象中的（based on or existing only in fantasy）；美好的（wonderful or superb）。译者取了第三义。但从电影画面上，我们可以看到拉美西斯（当时译作雷米兹或雷米斯，现从《简明不列颠》译名）二世的雕像高大而诡异，赛蒙站在雕像面前，很可能有这么一种感觉，仿佛想象中的东西突然矗立在了眼前。我猜陈先生正是抓住了这个感觉。考虑到口型问题，用字不能太多；又考虑到场景刚切换，用词不宜显得太突兀（"真奇怪"、"真怪诞"之类的说法，观众一下子听不明白，可能因此而"出戏"），所以，他选了"真少见"这样一个既糅合前两个释义又加以淡化的译法。

A note，可以是一个音符（现在很少作一首曲调讲），也可以是一种声音（鸟鸣之类的声响）。"唱个曲子"未免太离奇。原句是问句，陈叙一改成了陈述句："他会对我发出声音的。"我觉得这种语气，跟林内特性格中自信的特点更吻合，而且跟赛蒙的回答（Why not，"当然"）也更贴合。

至于"你是圣女"，光看原文（You're devine）的确很容易"上当"，但看了影片中赛蒙边说边吻林内特的画面，译作"你真美"就显得再自然不过了。Rameses the Second是雷米斯二世，跟"第二个像"浑身不搭界，这就是基本功的问题了。"滚远一点"译得不错，改成"滚得远一点儿"，可能一则考虑到口型，二则是想让配音演员的情绪有更充分的迸发余地。

"别让她给搅和了"，没什么错，只是观众可能费解："什么东西给搅和了？"改作"别让她扫了我们的兴"，观众的思绪就不会给搅和了。

127

阿加沙·克里斯蒂小说中最精彩的部分，通常都在末尾。影片——包括译配的影片——也没让我们失望。波洛（毕克配音）的大段台词，层层推进，丝丝入扣，让人凝神屏息，唯恐漏听一个词儿。然而，这些今天几乎已成经典的台词，当初也是"上天入地，紧随不舍"（陈叙一语）改出来的。比如说下面这一段：

Poirot: As a hint, of course, but why hint to us ? She knows who the murderer is, all right. She can do one of two things. She can tell us ... Or else she can keep quiet and demand money from the person concerned later. But she does neither of these two things. She uses the conditional tense if you please ... 'If I had been'. This can mean only one thing, she is hinting all right, yes, but she's hinting ... to the murderer. In other words he was present at the time.

Race: But apart from you and me only one other person was present.

Poirot: Precisely ... Simon Doyle.

Simon: What?

Poirot: Oh, yes, you were under the constant supervision of Dr. Bessner. She had to speak then ... she might not have another chance.

Simon: Don't be so bloody ridiculous.

Poirot: Bloody ... oh, I don't think I'm being ridiculous. I remember very clearly your answer, 'I will look after you. No one is accusing you of anything.' This is exactly the assurance that she wanted, and which she got.

译本是这样的：

波洛：当然是暗示，干么暗示我们[定稿本：可干么要暗示我们]？她确实知道凶手是谁，她有两种做法，[她知道凶手是谁，她可以有两种做法]可以报告[告诉]我们，也可以不露声色，以后找[再去找]那个有关的人要钱。可她[这]两种做法都不做[她都没采用]。她用了试探的语气[陈批：conditional tense，外语学院都教过的。定稿本：虚拟的说法]：要是[假如]我在……。这只能说明一件事，她的确在暗示，是的，可她的暗示……是对凶手，也就是说凶手那会儿在场[这只能说明她的确是在暗示,可她是在暗示凶手,换句话说凶手当时也在场]。

瑞斯上校:可撇开[除去]你跟我,另外只有一个人在场。

波洛:明确地说[一点儿不错],是赛蒙·道尔。

赛蒙:什么?

波洛:是的,你当时一直受到贝斯纳大夫的监护,她必须说话,又没别的机会[当时大夫一直在你身边,露伊丝不得不说,可又没有别的机会]。

赛蒙:别过分荒唐了[哦,简直太荒唐了]。

波洛:过分[荒唐]?我不认为我荒唐,你的回答我记得很清楚:我会照顾你,谁也不会控告你的[并没有人怀疑你,我会照顾你什么的]。这正是她所[这也正是她]想要得到的保证[许诺],她得到了。

这段的改动,有两种情况。

一种是纠正理解上的错误,例如把"试探的语气"改为"虚拟的说法",把"她必须说话"改为"露伊丝不得不说"。

另一种则是把台词改得更凝练，或者说更有张力（可供配音演员发挥的内在的力度），例如把"要是"改为"假如"，把"也就是说凶手那会儿在场"改为"换句话说凶手当时也在场"，把"这正是她所要得到的保证"改为"这也正是她想要得到的许诺"。

后一种改动的效果，看来确实已由毕克令人叫绝的配音实现了。

童自荣老师的《佐罗》配台本。

当时去译制片厂，可惜没想着给那些珍贵的修改本拍照。苏秀老师看我有些后悔，就告诉我，童自荣那儿可能有《佐罗》的修改本。童老师在电话里爽快地答应我去他家，给留有老厂长心血的配音台本拍照。

128

至于影片末尾那句堪称神来之笔的"悠着点儿"，同样也是改出来的：

Poirot: Oh mes petits. A word of advice, as they say in America 'take it easy'.

波洛：哦，我的宝贝。临别赠言，照美国人说法"慢慢来。"[初校稿将"慢慢来"改为"别心急"。定稿本将全句改为：亲爱的，有句忠告，像美国人常常说的，"悠着点儿"。]

当时台本初稿出来后，陈叙一先生逐字逐句告诉年轻翻译，应该如何修改。童老师坐在旁边，一点不漏地记在自己的台本上。照片上的铅笔修改印记，从一个侧面见证了《佐罗》是怎样炼成的。

129

《孤星血泪》有两部不同的译制片，一部是1956年的黑白片，另一部是1975年的彩色片。我们这次在厂里看到的黑白片版译稿，是陈叙一先生的手稿,潇洒的钢笔字,好像是写得很快,一口气往下写的。干净的卷面,流畅的文字,让人不由得会怀想陈叙一先生当年的风采——我无端的有这么一个印象:他在翻译这部影片时,心头很宁静。

我对苏秀老师说了这想法,她沉吟良久,说:"这也印证了我对他的感觉。他是把他的情,他的爱,都投入了他的工作。他工作的时候可以不受任何干扰。"

130

可能是有了先入为主印象的缘故,对比两个不同版本的译稿时,觉得有些地方似乎1975年译的反而不如1956年译的。

匹普第一次去沙堤斯老宅,埃斯黛拉把他领到哈维沙姆小姐房门跟前说:"进去吧。"匹普迟疑地说:"你先请。"接下来,彩色片版的原文是:

Estella: Don't be so ridiculous. I'm not going in.

译作"你别发傻了,我才不呢。"是不错的。不过,黑白片版译作"别傻了,我可不进去。"似乎更接近那位高傲的简·西蒙丝的语气。

可惜的是,手边没有黑白片版的原文,无从

印证这个同样有点近乎臆想的感觉。（也许原文就有所不同，因而口型也不一样？）

131

类似的例子，是舞会上的那场戏。

> Estella: Do you want me to deceive and entrap you?
> Pip: Do you deceive and entrap him?
> Estella: Yes. And others. All of them but you.

黑白片版译作：

> 埃斯黛拉：你要我逗你，要你吗？
> 匹普：你是逗他，要他吗？
> 埃斯黛拉：对，不但是他，所有的人除了你。

彩色片译作：

> 埃：你是要我骗你、捉弄你吗？
> 匹：你是骗他、捉弄他？
> 埃：是的，还包括所有男人，除了你。

这一段，我也还是偏爱早先的译法。后来的

译法，似乎有点拘泥，放不开了。To deceive and entrap you，译成"骗你，捉弄你"在字面上可能更近于词典上的释义，但总给人一种过于拘泥的感觉。埃斯黛拉这么一个受过贵族式教育的小姐，是用波俏的口吻对一个她从内心里不愿伤害他的童年伙伴说这话的，"逗你，耍你"，在我看来更逼肖这种口吻。

132

陈叙一先生给自己悬定的目标是："剧本翻译要'有味'。"也许，不妨说早先的译法离这目标更近一些？也许，由于黑白片是大卫·里恩执导的名片，跟后来的彩色片相比起来更"有味"，陈先生对它的感觉跟对彩色片的感觉本身就不一样，因而这种感觉上的差异，在两次翻译中不经意地流露了出来？

133

一部翻译作品，要是能把原文的意思准确地传达出来，那就是好译品；而要是准确到了精准的程度，传达到了传神的地步，那就是精品了——这是我在翻看陈叙一先生译稿，尤其是在翻看《简·爱》译稿时萦绕脑际的一个感想。

一些看似平常的台词，经陈叙一之手翻译出来，就成了邱岳峰和他的同伴们的用武之地。栩栩如生的罗切斯特和简，就此穿越时空，在我们

这些当年观众的心中留下了难以磨灭的印象:

Well! Go to the piano. Play ... something.
好吧!钢琴在那儿,弹吧,随便什么。

[手边有清华大学出版社1996年出版的一个英汉对照本。这个本子译作:

哦,去,钢琴在那儿,随便弹点什么。]

Hm! By God, you have a point! Well then, have I no right to hector you? I'm in a hectoring mood.

哼,真是直言不讳。我有权力欺压你,我正想欺压人。

[另本:呃,天啦,的确有道理!不过,难道这样我就没权欺压你吗?我正想着欺压欺压人。]

Jane: Was it Grace Poole, sir?
Rochester: Yes, I think so.
简:是格雷斯·普尔干的?
罗切斯特:恐怕是的。

[另本:是格雷斯·普尔吗,先生?——我想是她。]

Oh! Only that life's an idiot.
噢,表示生活是无味的。

[另本:哦,就是说人生茫茫然。]

  这些台词的妙处,恰恰是"只可言传"的。只有听着邱岳峰用那么一种让人听了就不会忘记的语气说出"弹吧,随便什么"的时候,我们才能体会到它跟"随便弹点什么"之间微妙的差别。这里不存在对与错的问题,这种差别的确是很微妙的,但奇怪的是,有时候两个译法就差那么一点点,给人的感觉却很不一样。

  "恐怕是的"也是这样。从字面上看,它并不如"我想是她"来得靠近原文。但当我们一遍又一遍重看这部影片时,我们自会觉得"恐怕是的"更符合我们对罗切斯特,甚至对整部影片的感觉。

  陈先生向来主张"忠实原片",强调"紧随不舍"和"亦步亦趋",但我觉得,他始终是把感觉放在第一位的。难道"表示生活是无味的"不也是这样吗?life is an idiot,字面上很容易看懂,生活是"极愚蠢的","白痴似的"。但罗切斯特要说的真是这么个意思吗?当然不是。于是,一句看似简单的台词,就变得并不那么容易翻译了。

  遥想当年,陈叙一很可能是一遍又一遍地看着影片的这个片断,设想罗切斯特假如是用中文在说话,他该是怎么说的。他不会说"人生茫茫然",尽管他在这部影片中用过这个词——"有一次我茫茫然就把她捡来了。"但这里他不会，不，不会用这个词。他会用——"无味"，至少陈叙一这么想，我们也这么想。

134

陈叙一先生在1987年写道："有两件事是天天要下功夫去做的，那就是：一，剧本翻译要'有味'，二，演员配音要'有神'。关键是要下功夫。"他这么说了，也这么做了。

苏秀告诉我，孙渝烽当年听陈叙一说过翻译《简·爱》的"糗事"：因为脑子里老想着一段台词怎么翻译，他洗脚时居然没脱袜子，就把脚伸进了水里。我赶忙问苏秀老师，是哪一段？她说，就是下面这一段呀：

Jane: Why do you confide in me like this? What are you and she to me? Do you think because I am poor and plain I have no feeling? I promise you if God had gifted me with wealth and beauty… I should make it as hard for you to leave me now as it is for me to leave you. But He did not. Yet my spirit can address yours as if both of us had passed through the grave and stood before Him equal.

简：你为什么要跟我讲这些？她跟你

与我无关！你以为我穷，不好看，就没有感情吗？我也会的！如果上帝赋予我财富和美貌，我一定要使你难于离开我，就像现在我难于离开你。上帝没有这样！我们的精神是同等的，就如同你跟我经过坟墓将同样地站在上帝面前。

当时陈叙一脑子里到底在想什么？我猜，他是在找感觉，在寻觅表达这种感觉的词句。

首先，I promise you 也许让他踌躇了？清华的那个译本，是译作"我向你起誓"的。意思并不能算错，但分寸好像过了，另外有个译本译作"我敢说"，语气似乎也拿捏得不准。比较下来，你就会觉得译作"我也会的！"的确精彩。这个译法，保留了 promise 保证、断言的含义，而且语气跟下一句中的"我一定要"贯通了起来。

其次，那个 now 也许也让他费过神？有个译本把这一句译作"我一定要使你现在难于离开我，就像我难于离开你一样。"这样译，我想是不错的，原片中，简觉得罗切斯特现在并没有难于离开她，所以她用虚拟语气说了"我一定要使你现在难于离开我"。但是，我还是更喜欢陈叙一先生的译法——在感觉上更直接引起我们共鸣的，不正是简所说的"现在我难于离开你"吗？从配音效果看，要是说李梓念的这句台词打动了每个观众的心，恐怕是不为过的。

最后，我琢磨，陈先生把穿着袜子的脚伸将下去的那一刻，说不定正在斟酌my spirit can address yours的译法。有个译本把它译作"我的心灵是配得上你的"，显然少了点味儿。"我们的精神是同等的"，这种浅白而又隽永厚实的文字，是要非常投入地去想——甚至忘记自己在做什么地苦思冥想——才想得出来的吧。

二、译书故事

　　有人说，已经过去了的事情，都会变成美好的回忆。我想说，已经过去了的事情，有些会变成既美好又苦涩的回忆，变成从忘川复返、令人百感交集的自己的故事。

　　下面这些"故事"，就是我当翻译学徒的一些片段的回忆。

1. 很久以前，在巴黎……
（《成熟的年龄》）

入夜的巴黎。蒙蒙细雨，让人生出几分寥落之感。德全兄约我到一家咖啡馆见面。当时我在巴黎高师进修数学，住在拉丁区的学校宿舍。德全是柳鸣九先生的研究生，在我的印象中他是个谨言慎行的书生，听说在巴黎读学位读得很刻苦，曾经晕倒过两次。后来不知怎么一来，他改行经了商，变得生活优裕起来，定居法国并从此差不多音问断绝——不过这已经是后话了。

见面后，他说想让我翻译西蒙娜·德·波伏瓦的一个中篇，准备收进柳先生主编的《西蒙娜·德·波伏瓦研究》。我跟德全并不熟稔，自忖他可能知道我爱好文学，但好像不会了解我的文字好坏（我觉得，要从事翻译，首先文字得好，而我并不认为自己在这方面有什么长处——更确切地说，是从来没有认真考虑过自己的文字是好是坏）。我把这点疑虑告诉了他。他的回答很笼统，大致是尽管没看我写过什么，但知道我能胜任云云。

法文本封面。这是一本中短篇小说集，《成熟的年龄》是其中的一个中篇。

就这样，很受鼓舞的我决意译中篇小说 L'âge de discrétion 了。但当时两年进修已快期满，写数学论文不敢怠慢，所以翻译时作时辍，全部译稿在回国后才完成。小说的题目，先是按字面意思译为《审慎的年龄》，但总觉得审慎和年龄放在一起，有点不合中文讲法，含义也不显豁。后来又想用《知命之年》，从"五十而知天命"剥来的这个题目，看上去是浑成了些，但并不见得贴切。一个法国人，到了懂得审慎从事的年龄，何以见得就是孔老夫子说的五十岁呢。这种容易引起联想的"国粹"式的题目，好像总有那么点迂的味道。翻来覆去想了好久，最后改为《成熟的年龄》，仍然不很满意，但也没办法了。

波伏瓦的文字，给我的印象是很自然，一点不做作，好像她并非有意在写小说，而只是把自己（实际上是女主人公"我"）的一段经历（步入老年）和感受（关于人生哲理的思考）秉笔写下而已。这样的文字，对一个初学翻译者也许比较合适。有些段落译得挺顺利，好像译文并不怎么费力就出来了，而且往往一遍译好，就不用大改。举例来说，现在依稀还能回想起当年翻译这类段落时愉悦的感受：

Il est reparti, et je suis encore restée un long moment sur le balcon. J'ai regardé tourner sur le fond bleu du ciel une grue couleur de minium. J'ai suivi des yeux un insecte noir qui traçait dans l'azur un large sillon écumeux et glacé. La perpétuelle jeunesse du monde me tient en haleine. Des choses que j'aimais ont disparu. Beaucoup d'autres m'ont été données.

他终于走了；我还久久地待在阳台上。我目送一台漆成红铅色的起重机转向蓝天深处，看着一只黑色的小虫似的东西，在碧蓝的天幕上曳出一条泛着泡沫沁着凉意的痕迹。这个世界永恒的年轻使我感到窒息。我所爱的，已不复存在。许多别的事物却出现在我眼前。

这里写的，是女主人公在丈夫安德烈去上班以后，因自己赋闲在家而感到落寞的心情。我觉得找到了作者的叙述方式，说得直白点，也就是说话的腔调，于是下笔就感到比较顺畅。

不过，这种译得不大吃力的情形毕竟不多。大部分译文都是几经反复，煞费苦心改出来的。（安德烈起身，看见"我"已经在看书，就说：Bon travail. "我"也回答说：Toi aussi. 这么简单的家常话，直译成英文就是Good work和You too，可我左思右想，就是想不出一个满意的中文译法，最后只得干巴巴地译成"早上好，工作顺利。""工作顺利。"中国人没这么打招呼的,我知道,但怎样才能译得既琅琅上口又不违原意,我不知道。)

改动一多,就得重抄一遍;而一边重抄,一边又会改动。

毕竟是第一回译小说,虽说改了好几遍,但心里总觉得不踏实。所以,当一位父执辈的朋友说他跟郝运很熟,可以带我去见郝先生的时候,我真有些喜出望外了。我看过郝先生译的《巴马修道院》,他在我心目中是个大翻译家,去看他的那天,我的心情可以用诚惶诚恐这四个字来形容。我想象中的郝运先生,待在一座面对草坪的小楼上,精致的大书橱里满满当当的都是外文书,喝着咖啡,说不定还抽着烟斗。

没想到,我被领进一条旧式弄堂的石库门房子,穿过底楼几家合用的厨房,爬上又陡又窄的楼梯,来到一个不起眼的厢房。不大的写字桌上凌乱地堆着书稿,没有我想象中的大书橱,一套原版大词典跟写字桌隔床相望,这套共有十来个分册的词典(后来知道这就是大名鼎鼎的法兰西学院编纂的文学词典),摞起来高可过膝,但沉甸甸的放在搁板上,显得很旧。郝运先生满头雪白的银丝,没有一点架子。可我一见他,马上想起《成熟的年龄》里的一句话:雪白的银丝映衬着滋润的脸色,是一种风度。

就在这间简陋的工作室兼卧房里,郝运先生

看了我的"处女译",给了我充分的鼓励。后来他又提议跟我合译大仲马的《四十五卫士》。我译的初稿,他对照原文逐字逐句修改、批注。这种作坊式的训练方法,使我受益无穷。郝运先生于我,可以说是亦师亦友,这种关系一直保持到他乔迁新居(当时报上有过报道,标题叫"郝运交好运")之后,至今情谊依旧。

1982年下半年,终于把经郝先生寓目的译稿托人捎给了德全兄。后来,又将另一份誊写稿直接寄给了柳先生。但《西蒙娜·德·波伏瓦研究》直到1992年才问世。

这一等,就等了十年。

2. 没用上的"眉批"
（《古老的法兰西》）

大约是1985年，徐知免先生为《当代外国文学》杂志写信来约稿，并把原书也一并寄来了。学法语时，读过徐先生编的语法书，这次承他这么信任我这个新手，我又高兴又惶恐，战战兢兢，一心想把书译好。

马丁·杜加尔的"长河小说"（法文中这样称呼卷帙浩繁的长篇小说）《蒂博一家》，在二次大战前夕为他赢得了诺贝尔文学奖。《古老的法兰西》(*Vieille France*)是一个农村题材的中篇，按他的说法，是个"乡村速写小集"，我后来给法国加利玛出版社的一本期刊(*Cahiers Roger Martin du Gard*) 写过一篇短文《马丁·杜加尔在中国》(*Roger Martin du Gard en Chine*)，里面提到我对这个中篇的印象和当时的心情：

马丁·杜加尔的文笔极为洗练，他似乎不愿留下任何在技巧上推敲的痕迹。在《古老的法兰西》中，他用白描的手法，向我们展现了半个多世纪以前法国农村的生活图景，犀利而幽默地揭示了人性的自私、愚昧……马丁·杜加尔在古老的法兰西农村生活过，他对这种生活是非常熟习的。但也只有他能在平静中看出激情，在哄笑中发现眼泪。他有一双与众不同的敏锐的眼睛。他又像高明的漫画家那样，用冷静而客观的态度，用悭吝而传神的笔墨，一下子就把"古老的法兰西"呈现在了你的眼前，纵然你是远在异国的今天的读者，你也仍会感受到那种令人窒息的空气。……这种寓辛辣鞭笞于不着痕迹之中的白描手法，让我联想起中国古典小说《儒林外史》；这本"速写集"使我感到很亲切，感到有一种愿望，要像作者一样地向中国读者叙述这一切。就这样，我尝试着译出了这部中篇小说。

我意识到有两种腔调要尽量避免：数学腔和翻译腔。数学有它的一套语汇，诸如"因为……所以……"、"若……则……"、"对于任何……存在……使得……"等等，这套语汇自有它简洁的美（这是另一篇文章的话题），但跟小说语言可以说是相扞格的。至于翻译腔，几乎可以说随处可见，有时简直到了习焉不察的地步；译书时容易被外文的句式、语序牵着鼻子走，更得时时提醒自己。

于是我一边译杜加尔的这个中篇，一边看周立波的《暴风骤雨》，想从中汲取些鲜活的乡土气。今天手头的这本书上，还留有书页空处的字迹。"草甸子"、"园子地"、"柳树障子"、"院子的当间"、"牙狗"、"窝火"、"冷丁坐起来"、"直直溜溜地站在那里"、"盼咐一些事，探问一些事，合计一些事"这些说法下面，都用铅笔划了线。"晾在一边"边上写着"若写'让……站在一边'就索然寡味"；"不待老田头说完这话"边上写着"比'没等……说完'好"；"你要想久后无事"边上写"比'以后'好"；"来一回又一回"边上是"比'一回一回来'好"；"嘴巴上的几根山羊胡须上满沾着尘土"边上是"不必尽用'沾满……'"。"老孙头笑了一笑，才慢慢说"边上注着个puis（然后），意思是碰到法文中的puis，不一定非译成"然后"不可。萧队长问胡子（土匪）打过屯子吗，老孙头回答："咋没打过？"边上用铅笔写着parbleu（当然），提醒自己不要一见这个法文词就写"当然"。

这些词汇，这些说法，大多没有直接用到译文里去。现在看当时的"眉批"，也觉得多少有些幼稚。但也许惟其幼稚，才更使我感到珍惜。幼稚时的激情，是成熟后所难觅的；幼稚时的快乐，是成熟后所难以感受的。人生往往如此，翻译也不例外。

一下子，两个人转过身来对视着。可是，一个人即使比弗拉玛机灵得多，也猜不透儒瓦尼奥的脑袋瓜子里到底转些什么念头。（《古老的法兰西》第2章"清晨的火车旁 装卸工弗拉玛"）

拙译在《当代外国文学》杂志发表后不久，就看到了另外一个译本（收在一个中篇小说集里）。两相对照，我悟出一个道理：翻译实际上是摆脱不了译者个人色彩的，有多少个译者，就有多少个不同的译本。它们之间，有时也许并没有高低优劣之分，而只有译者在对原作的感受上的差异。下面随机抽取一段原文：

镇长阿那尔东先生很早就已鳏居。玛丽－让娜是他的次女，也是唯一至今和他一起生活的女儿。（《古老的法兰西》第19章"玛丽－让娜·阿那尔东 儒瓦尼奥在镇长家"）

Sur le seuil, parait un gars maigriot, aux yeux bridés, au front jaune et bas. La foule chuchote:

- Le Tonkinois…

Il referme la porte derrière lui, regarde le brigadier, et, sans s'avancer d'un pas:

- Quoi que vous voulez?

- Faites taire vos chiens, et ouvrez-moi la barrière.

La voix est énergique; it y vibre une menace qui retentit dans tous les coeurs. Le Tonkinois triture un instant sa moustache, puis, sans hâte, il obéit.

先看拙译：

一个略显消瘦的小伙子出现在门口，他长着一双蒙古人的褶眼，前额又黄又低。人群中在窃窃私语:"东京佬……"

他出来就把门带上,瞅定巡警队长,并不往前跨一步:

"您有何贵干哪?"

"让那两条狗别嚷,再给我把栅栏门打开。"

语气很强硬;其中自有一种恫吓的意味,回荡在每个人的心中。东京佬捻捻唇髭,稍过了一会,不紧不慢地照办了。

再看另一个本子的译文:

门口出现了一个瘦瘦的小伙子,眼睛吊着,额头黄而窄。人群中喊喊喳喳:"东京人……"

他关上身后的门,望着队长,并不上前:

"您要干什么?"

"叫住您的狗,给我拿开栏杆。"

语气强而有力,人人心中都感到一种威胁。东京人捻着小胡子,然后,慢条斯理地服从了。

"东京佬"、"东京人",原文都是Tonkinois。单看这个法文词,当然会译成东京人;但有了上下文,有了那个情景,有了斜体的排印,我的感受就成了"东京佬"。"慢条斯理地服从"和"不紧不慢地照办"大同小异,但"照办"反映了我对他那种心犹不甘的神态的感受。

"叫住您的狗,给我拿开栏杆。"语气急促、强硬,比我的译文好。不过,"您的"似乎不妨改用"你的",而不必拘泥于法文的vos(这个词在理论上要译为"您的",以区别于另一个tes,即"你的"。但是在实际生活和小说中——而不是在语法书里——情况要复杂得多,如果硬套的话,甚至会译出"您这个混蛋"之类的话来)。

3. 气质攸关
(《王家大道》)

这是一部译得很累的小说。我有时候感到,好像很难跟作者产生共鸣,很难适应他的文风。

小说中叙述的是一个笼罩着死亡阴影的故事。年轻的克洛德前往印度支那的途中,结识了曾在那儿长期生活的冒险家佩尔肯。对文明社会的极度厌恶,对人的价值的共同信念,使两人成了生死之交。他们沿着柬埔寨境内早已荒芜的"王家大道",以坚韧的毅力在莽莽密林中跋涉,历尽艰难险阻,把残存在寺庙中的精美石刻浮雕运了出来。但经过土著部落地区时,佩尔肯被土人埋下的尖竹桩戳伤,感染化脓后又无法截肢,终于在最后一段路途中死于牛车上。

这个故事,几乎就是马尔罗六年前丛林冒险之旅的写照,不过当时跟他同行的不是小说中的人物佩尔肯,而是他的妻子克拉拉。克拉拉甚至做好自杀的准备,在戒指里藏了剧毒的氰化钾。旅途之凶险,气氛之悲壮,由此可见一斑。

小说粗犷雄浑的的风格,是马尔罗本人气质

的流露，是从他的心灵深处涌现出来的。在他笔下的印度支那密林，蛮荒而又诡异：

法文本《王家大道》封面

> 在这种像水族馆里深水中一样若明若暗的光线里，人的精神也松垮了下来。已经遇到过一些零星的倒塌的古迹，树根盘住倒塌的石块，用爪子似的根须把它们抓牢在地面上，让人觉得它们当初仿佛不是由人力竖起来，而是由一些曾在这片无边无际的空间、在这片深海般的昏暗中悠然生活过而现已灭绝的生物竖起来的。

置身于这片神秘浩茫的背景上的人物，刚毅，强悍，而又不时感到死亡的念头在脑际萦绕：

> 在傍晚寥廓的骚动中，密林起着默契的响应；大地上升腾起野性的生命力，交汇在夜色中。克洛德没法再提问了，脑子里形成的字句，宛如地底下的河流，越过佩尔肯向前流去。自己面前的这个人，这个被莽莽密林跟那些依赖于理性和真理的人们隔绝的人，他是在寻求有人援手，一起去抵御在昏暗中挨近他的那些幽灵吗？他刚拔出手枪，一道幽光掠过枪口。

不少类似这样的段落，都使我感到有些"隔"。译是译出来了，字面上大体也"捋平"了（"在这种像水族馆里深水中一样若明若暗的光线里"这句看来得除外，"里"、"中"、"里"挤在一起，显然还没"捋平"），但即使这样，总觉得吃力，甚至勉强，体验不到翻译别的作品时的那种快感。

《王家大道》的另一个特点是它的哲理性。柳鸣九先生在题为"超越于死亡之上"的译本序中，认为这部小说"是马尔罗全部创作甚至全部艺术论著的一块最早、最重要的思想基石，因为，在这部作品里，马尔罗第一次表述了他对生存荒诞性的认识，而这正是他那对抗死亡的哲理的前提"。然而，使我感到遗憾的是，柳先生引用的例句，并不是我的译文：

"死亡就在那里，它是生存荒诞性的一个不可辩驳的证明。"（我译作："死亡就在那儿，就像显示人生荒谬的一个无可辩驳的证明。"没有把"生存荒诞性"完整地译出来，似不妥。）

"压抑着我的是，该怎么说呢，是我作为人的命运，我一天天衰老下去，时间这惨无人道的东西，像癌细胞一样在我身上不可挽救地蔓延开来……"（我译作："使我心头感到沉重的,——怎么说呢?是我作为人的命运,是我在变老,是这个残酷的事实:时间在我身上流逝,就像癌病在我身上蔓延,这是无可挽回的……"现在手头没有原文,无法详细分析。但我想,拙译语气的平缓,也许正是理解上折衷的结果。)

译完这本书以后,我意识到自己难以成为一个好的"性格演员",也就是说,我恐怕不宜翻译跟自己气质相距较远的作品。此外,译本(1987年漓江版)的印刷错误之多,也让我感到不是滋味。无奈之下,写了一份勘误表,上面密密麻麻地列出六十多处舛错,复印后一一夹在送请朋友指教的书里。

可以说,这是一本我最缺乏自信的译作。

自制的勘误表

4. 深深的怅惘
（《不朽者》）

　　从法国回来以后，仍在数学系任教，给大学生上课，同时带研究生。业余从事文学翻译，讲得好听点是"乃余事耳"，说白了是"不务正业"。所以，当胡和生先生约我为科学出版社译《几何》时，我很快就答应了。我实在没有理由不答应：胡先生是我在复旦念书时的导师（她和谷超豪先生都是科学院院士，这样的院士伉俪屈指可数），《几何》的作者贝尔热教授是我在巴黎进修时的导师——翻译这部书，在我是敢不从命的正事！何况，这部五卷本的专著也的确值得译出来。贝尔热是位大教授，他的这部取名朴实（《几何》）、起点不低（从群在集合上的作用讲起）的大部头著作，写得既浅近又不落俗套，文笔也活泼。引言里的一段话，格外让我感到亲切：

　　我们往往给每一步几何论证配上一幅图形，尤其是在全书的开头部分。五十年以前，几何书都是这样的；如今，这种图形完全（或者说几乎完全）绝迹了。好像有这么一种理由：作者相信他的读者看书时手边是不离一张纸、一支笔的，一边读着一边就画出了必要的图形，甚至还"画在脑子里"。然而，大学考试的实践告诉我们，这种图形既没有画在纸上，也没有画在脑子里。正因如此，本书目的之一，就是让读者重新养成看书时随手作图的习惯。

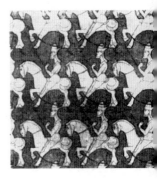

M.C.Escher，《骑士循环铺嵌习作》，墨汁与水彩，海牙Escher纪念馆。（《几何·第一卷·群的作用，仿射与射影空间》第26页）

在第一卷的"拼嵌群"这一节里，他采用了荷兰画家埃舍尔的水彩画《骑士循环铺嵌习作》，既漂亮又得体。

我接受了出版社的正式约稿。但是在心底里，我隐隐约约感到，这辈子只怕是逃脱不了文学翻译的诱惑了。

果然，1984年初在校图书馆看到都德的长篇小说《不朽者》（*L'immortel*）的那会儿，不由得就动了心。都德的短篇小说《最后的一课》，可以说是尽人皆知。他还写过十来部长篇，译成中文的却好像只有《小东西》等两三部。"不朽者"，在法文里是法兰西学院院士的俗称。到了都德的时代，具有二百多年历史的法兰西学院实际上已经变成一个毫无生气的"沙龙"。都德在小说中尖刻地抨击了这个"沙龙"，但我能感到，这是生性温厚的作家在忍无可忍的情况下表现出来的尖刻。我躲不开这份诱惑,决定在得到贝尔热熊掌的同时,兼得都德的鱼(或许该换一下说法,都德的才是熊掌——对我而言)。

都德的文字,笔端饱含感情。这种无所不在的感情,在好些作品中都表现为"含泪的微笑"、蕴藉的幽默,而《不朽者》却以磅礴于字里行间的激愤为基调,即便说是嬉笑怒骂皆成文章,也总让人感到笑声、骂声背后的那份沉郁和酸辛。我想尽力传达这种激情,于是按照傅雷先生的说法,逐段逐句地揣摩,假如(当然只是假如而已)都德是中国人,他会怎么下笔。法兰西学院的终身秘书洛瓦齐荣去世,四十个"不朽者"的名额有了空缺。这时,我让我心目中的都德这样写道:

> 洛瓦齐荣命里注定事事走运,就连死也死得适逢其时。若是再晚一个星期,沙龙就要杜门谢客,巴黎就要散散落落,议院和研究院都要放假,到那时,出殡那天除了洛瓦齐荣生前担任主席或秘书的众多团体兴许会派几个代表,跟在支领车马费的院士后面送葬,别的就甭想再指望什么了。可是这个洛瓦齐荣,活得乖巧,死得更乖巧,他撒手去得正是时候,就在颁发大奖的前夕,挑的是一个最平淡的星期:没有凶杀,没有决斗,没有名人的诉讼案,也没有任何的政治事

件，在这一周内，这位终身秘书的隆重葬礼将是巴黎唯一的消遣。

我译得很投入，但很缓慢，直到四年以后才完稿。这四年间，家里发生了两次重大的变故：1986年6月母亲病故，1988年初父亲病重住院。全书翻译的最后阶段，正是父亲生命的油灯即将点尽的阶段。除夕夜，我在瑞金医院的病房里跟父亲一起吃了年夜饭。第二天，大年初一阴冷的早晨，尽管外面鞭炮放得正热闹，我的心却感到压抑、凄凉。就是在这么一个早晨，就是在这么一种心情下，我译完《不朽者》的最后一个章节，在留下年迈双亲手泽的译稿末尾，写下了"译毕于二月十七日，年初一早晨"这几个沉重的字样。

二十天后，父亲去世。

又过了整整一年，我才把郁积在心里很久的话在译后记中说了出来：

本书的翻译，是从一九八四年初就开始的，但其间中断过一段相当长的时间。在这几年里，我的父母相继去世，如今每当见到他们抱病为我誊写的译稿，我的心头就会变得异样的沉重。我有时禁不住要问自己，在年迈的父母缠绵病榻之际，如此地"忘情"于翻译，是否也是一种自私呢？我无法回答

父亲誊写的《不朽者》手稿。他誊写时，手边另有一张纸，记录对译稿的意见。意见用词极为简约：某句"可改"，某词"不好"。点到为止，中肯而令我难忘。回想起来，就仿佛我在雕塑，父亲在旁边看，轻轻地提醒我，哪些泥巴是多余的。

这个问题,而只是感到一种无可弥补的歉疚,一种深深的怅惘。

这部见证了我的忧伤的译作,本身也命运不济,又过了五年才得以面世。

写到这里,不禁感慨系之。1984年起译,1993年出书,又是一个十年。十年啊十年,一个人就这么生生地给催老了。莫非这正是上苍对自私者的一种惩罚?

母亲誊写《奥菲在塔斯马尼亚》的手迹。《奥菲在塔斯马尼亚》是法国当代作家格勒尼埃的一个短篇小说。我把它连同作者的另外两个短篇译出,投稿给《外国文艺》杂志后,迟迟不见动静。后来听说,当时看稿子的编辑的感觉是"不知所云"。过了很久,换了一位编辑看这几篇稿子,他觉得"味道很好",于是就在杂志上发表了。

而后,柳鸣九先生约译格勒尼埃的作品,我就又译了若干中篇和短篇,柳先生将这些篇什和罗嘉美女士的译作合在一起,结集收入漓江出版社的"法国廿世纪文学丛书",书名叫《未婚妻》。

5. 树上美丽的果子
（《追忆似水年华·女囚》）

1988年4月。26日偕家人去苏州，将父母的骨灰安葬在面对太湖烟水的香山公墓。28日，就接受了另一部小说的约稿。

事情是这样的。译林出版社决定组译普鲁斯特的七卷巨著《追忆似水年华》，韩沪麟凭借他在法语圈里的新老关系，物色了十四位译者，两人合译一卷。不想其中一位——我的朋友建青兄决意要去法国，这样，第五卷就缺了一个译者。建青想拉我当"替身"，看我犹豫，就又找了张小鲁，由我和她平分他的"份额"。

但韩沪麟看来有些不放心。他趁来沪的机会，约我到静安公园面谈。我俩是初会，当时怎样约定接头方式，现在已经想不起来了。反正一见面，没说上几句话，他就冷冷地问道："译Proust，你看你行吗？"这一问，使我感到既意外又不自在。我也冷冷地回了一句，说人家能行，我就没什么不行的。后来跟沪麟兄日渐相熟，成了好朋友，我方始明白，那样问话在他并

凡·东恩为《追寻逝去的时光》画的水彩插图。

我随手掰了一块小玛德莱娜浸在茶里,下意识地舀起一小匙茶送到嘴边。可就在这一匙混有点心屑的热茶碰到上颚的一瞬间,我冷不丁打了个颤,注意到自己身上正在发生奇异的变化。(第一卷《去斯万家那边》第一部"贡布雷")

没有什么看不起对方的意思,只是直话直说而已。我让他激出来的那句回答,倒是透着内心的不谦虚。

普鲁斯特的《追忆似水年华》,可以说是久仰了。(但这个译名,其实跟原书名A la recherche du temps perdu相去甚远。普鲁斯特倘若看得到也看得懂这个书名,想必会说:"这下书名全给毁了。"——何出此言,且听"走近普鲁斯特"分说。)在巴黎高师的那会儿,有个学文学的法国好朋友樊桑(Vincent Lautié),我们曾经在闲聊时谈到各自心目中最好的本国作家,以及这位作家的最好作品。我想了想,说了曹雪芹和《红楼梦》。樊桑几乎不假思索地说出:普鲁斯特,*A la recherche du temps perdu*。后来,我慕名买了其中几卷的袖珍本,翻了翻,第一印象是句子长,一句长达一页似乎只能算常事。回国后,看到了桂裕芳先生译的片段,觉得真是不容易。

所以,说实话,我译普鲁斯特行不行,自己心里并没个底。怀着一颗忐忑不安的心,我试译了几千字,送给郝运先生过目。郝先生对着原文,在我的译稿上用铅笔仔细作了批改——有批语,也有修改。这种作坊师傅带徒弟式的指点,具体而微到令人感动的地步。同时,他在总体上的认可,使我有了些信心,准备铆足了劲儿跳起来去摘果子。

普鲁斯特的文体，自有一种独特的美。那些看似"臃肿冗长"的长句，在他笔下不仅是必要的，而且是异常精彩的。因为他确实有那么些纷至沓来、极为丰赡的思想要表达，确实有那么些错综复杂、相当微妙的关系和因由要交待，而这一切，他又是写得那么从容，那么美妙，往往一个主句会统率好几个从句，而这些从句中又不时会有插入的成分，犹如一棵树分出好些枝桠，枝桠上长出许多枝条，枝条上又结出繁茂的叶片和花朵。

然而，对译者来说，每一个这样的长句，无异于一个挑战。第一，你得过细地弄明白作者要表达怎样的思想，越是微妙之处，越要问个究竟。我不是科班出身，更是不敢有丝毫怠慢，经常一个词得查不止一次词典，往往还得细查法文原版词典，以求把握确切的含义。第二，你必须理清整个长句（乃至它所在的这个段落）的脉络，看准主句、从句、插入句之间的关系。第三，你最后还得把偏于理性的分解（我觉得这有些像汉语古文的句读）还原成偏于感性的描述或情绪，然后想象自己就是会写中文的普鲁斯特，一气呵成地把这个长句写成合乎汉语表达习惯的（不带翻译腔的）中文。

面对这样的挑战，我感到既紧张又兴奋。我准备了一个开本较大的草稿本。查好生词，把一段原文念过几遍，觉得有些感觉以后，就先逐

凡·东恩为《追寻逝去的时光》画的水彩插图。

阿尔贝蒂娜已经睡着了。她从头到脚舒展开来，躺在我的床上，那姿势真是浑然天成，任哪个画家都想象不出来的。（第五卷《女囚》）

句逐句把"第一印象"的译文记下来,然后细细地修改、调整、"打磨"。这份东涂西抹、勾来划去的手稿,是几乎见不得人的毛胚渐渐变成眉目依稀可辨乃至有些传情的雏形的实录。这么折腾一番过后,才正襟危坐在电脑跟前,用近乎虔诚的心情(也许是因为刚用电脑的缘故吧)逐字逐句录入。我用的是汉语拼音全拼输入法。我喜欢这种一边键入、一边默念的感觉。不过,说是录入,其实是边录边改,不时还要停下来苦苦地想。即使得空整天坐在写字桌前,一天也只能译五百字左右,速度是空前的慢。

交稿后,韩沪麟先生作为责编大概对我还是满意的。他后来在一篇写我的短文中,称拙译"译笔文采斐然,读起来如沐春风"。这当然是过誉,但我读起来却也不免"如沐春风"——在下的虚荣心由此可见。

全书出版以后,许钧先生在《风格与翻译——评〈追忆似水年华〉汉译风格的传达》一文里,举例说明不同译者"各自的特点",其中引了我在第五卷开头的一句译文:

街上初起的喧闹,有时越过潮湿凝重的空气传来,变得喑哑而瓮了声,有时又如响箭在寥廓、料峭、澄净的清晨掠过空旷的林场,显得激越而嘹亮;正是这些声音,给我带来了天气的讯息。

下面是相应的原文：

Les premiers bruits de la rue me l'avaient appris, selon qu'ils me parvenaient amortis et déviés par l'humidité ou vibrants comme des flèches dans l'aire résonnante et vide d'un matin spacieux, glacial et pur; [...]

当时踟蹰再三的样子，现在依稀还想得起来。"又如响箭……掠过空旷的林场，显得激越而嘹亮"，实在是一种带有个人色彩的译文。aire是平地、空地，未见得就是林场；flèches是箭，未见得就是响箭；"空旷的林场"，未见得有"宽广而又响声不绝的空地"来得贴近原文。当时我那样译了，如果换到现在，会不会译成另一种样子呢？说不准，恐怕也未见得。

6. 岛名、人名与书名
(《基督山伯爵》)

韩沪麟和我应上海译文出版社之约,合译《基督山伯爵》(他译前半部,我译后半部)。当时,我俩谁也没想到这个译本会成为印数高达六十多万册的畅销书。

大仲马的这部小说,很早以前就有蒋学模先生的一个译本,书名先是叫"基度山恩仇记",后来改为"基度山伯爵"。记得我念中学的时候,好些同学都废寝忘食地看过这个译本。据说文革期间这本书仍在私下流传,由于书源的匮乏,甚至出现了手抄本。原著情节的曲折,蒋先生译笔的流畅,我想都是这部翻译小说如此风靡的重要原因。

蒋先生的译本,是从英文译本转译的。这一点,从人名、地名的译法上仍可看出痕迹(尽管重版本已根据原著"作了订正",见1978年版的译者后记)。Dantès,按法文读法,是不会念成邓蒂斯的(我们的译本译作唐泰斯)。其实,这个名字译成当代斯更为相似,可惜"当代"有明显的词义，用来译人名有些犯忌。Danglars读音和唐格拉尔相近，跟"邓格拉司"则相去较远。至于末尾的s，为什么念唐泰斯时发音，念唐格拉尔时不发音，有一个比较简单的理由：法国人这么念。（附记：2011年我重译全本《基督山伯爵》时，斗胆将上面说的两个名字译为"当戴斯"和"当格拉尔"。）

想必也是受英文译本牵制的缘故，老译本中不时会有些微疵。"从前安顿公爵在一夜之间把整条大马路上的树木全部砍掉，因此惹恼了路易十四"，原意似为"当年德·昂坦公爵让人在一夜之间把有碍路易十四视线的整条小径两旁的树木全部砍光"（autrefois le duc d'Antin avait fait abattre en une nuit une allée d'arbres qui gênait le regard de Louis XIV），其中的德·昂坦公爵是深得路易十四宠信的宫廷总管。"[车房里]有一箱箱编号的马车零件，看来像是至少已在那儿安放了五十年"，恐怕应为"[车库里]一溜儿排开的编好号的豪华车辆，倒像已经在那儿停了五十年似的"（les équipages, numérotés et casés, semblaient installés depuis cinquante ans）。"他喜欢人类的造福者所赠送给他的褒奖，而不喜欢人类的破坏者所赠送的报偿"，当是"他喜欢的是给人类造福者的褒奖，而不是给人类毁灭者的犒赏"（il aime mieux les récompenses accordées aux bienfateurs de l'humanité que celles accordées aux

法文本《基督山伯爵》的插图。我很喜欢这样的铜版画插图,可惜搜集不到整套插图。

destructeurs des hommes)。"且把共和国作为一个教师",当是"请把共和国作为您的支柱"(prenez la République pour tuteur),等等。

小说一开头写驶抵马赛港的法老号,老译本作"船又是在佛喜船坞里建造装配的",新译本作"这样一条在弗凯亚人的古城的造船厂建造和装备的船",并加注说明:"弗凯亚是小亚细亚的一座古城。公元前六世纪,弗凯亚人在地中海沿岸创建马赛城。故此处弗凯亚人的古城即指马赛。"看起来是啰嗦了不少,但不这样,似颇难跟原作保持一致——大仲马毕竟是自视甚高的作家,他的旁征博引也并非空穴来风。

《基度山伯爵》的书名要不要改,是个更大的问题。对一个流传已久的书名,沿用也好,更改也好,都应当采取审慎的态度。我起稿写的译本序中记录了当时的想法和心情:

> 我们把书名改译为《基督山伯爵》,是经过慎重考虑的。首先,原书名中的Monte-Cristo,本来是意大利的一座位于厄尔巴岛西南四十公里处的多山小岛的名称,它在意大利文中的意思是"基督山"。其次,综观全书,主人公唐泰斯是靠了基督山岛上的宝藏才得以实现他报恩复仇的夙愿的,他在越狱后用这个岛名作为自己的名字,也正隐含了基督假他之手在人间扬善惩恶的意思。因

此，我们斟酌再三，最后还是把译名定为《基督山伯爵》。

新译本出来后,我专程去拜访蒋先生。一个至今难忘的印象是蒋先生声若洪钟,非常健谈。1945年抗战胜利,蒋先生随复旦大学部分师生滞留重庆,一时无法返沪。"海路,阔佬们用金条买通关节,空路由军统控制,陆路要先乘汽车翻越秦岭到宝鸡,然后坐陇海线,海陆空三路都无法成行,只好留在重庆。"留在重庆的这一年里,年轻的蒋先生无须教课,就在风景如画的嘉陵江畔着手翻译《基度山恩仇记》。他据Everyman's Library 版的英译本,平均每天译两千多字,历时一年,译得七十五万字。随后,他乘坐复旦校方包租的一架飞机回到上海,半年后译毕全书。

蒋先生说,他原先藏有三套全新的《基度山恩仇记》的初版译本,准备将来有一天留给三个儿子。文革抄家时家里的藏书全遭劫难,文革过后发还抄家物资,只还了一套初版本,还是旧书。书在文革中的命运,是读书人命运的缩影,想来确实让人不胜感慨。但我暗中称奇的是,蒋先生以经济学家名重天下,可他打算给孩子留作纪念的,居然不是他的政治经济学煌煌巨作(他半开玩笑地说,他主编的政治经济学教材印数巨大,若是在美国,他早就是百万富翁了),而是青年时代翻译的这部小说。我拿着蒋先生送我的那本《什么是社会主义？》辞别出来以后，蒋先生的那番话还久久萦回在耳边。

  《基督山伯爵》从1990年10月开译（韩沪麟在南京译上半部，我在上海译下半部，字数共计为一百二十五万），到1991年12月出书，只用了一年稍多一些时间。尽管售价从每本十八元一路攀升到四十三元九角，销售情况却始终令人鼓舞。同事跟人介绍起我来，总说："这就是《基督山伯爵》的译者。"后来有一次，某同事的熟人到编辑室来，正好打个照面，同事就介绍如仪。不料那位女士事后对鄙同事说，基督山的译者并不风流倜傥嘛。话说得这么率真乃至天真，我在事后的事后听了，只觉得又惭愧又好笑。

7. 折衷的译法
(《三剑客》)

《侠隐记》是少年时代钟爱的一部小说，但我并不特别喜欢主人公达德尼昂。更让人难以忘怀的，是真正意义下的"三剑客"（达德尼昂后来才加入火枪营，跟这三位结成生死之交）："狷介端方、寡言重诺的阿托斯，那张英俊的脸庞始终那么苍白，那么高贵，浑身上下无处不透出雍容的大家气派；魁伟勇猛、粗犷豪爽的波尔多斯，爱虚荣，好吹牛，却不让人觉得可厌可憎，只叫人感到可亲可近；隽秀倜傥、儒雅睿敏的阿拉密斯，说话慢条斯理，不时还要脸红，但使起剑来身手矫健，遇到险境临危不乱，而且还有位神通广大的"表妹"能保佑他逢凶化吉。"（摘自拙译的译本序）

这类小说，法文中叫roman de cape et d'épée："披风长剑小说"，在某种意义上相当于我们的武侠小说。大仲马的这部名著，原书名是 Les trois mousquetaires，伍光建先生取名《侠隐记》，其中一个侠字颇为传神。他的译文，茅盾先生曾有的评:"伍光建的白话译文,既不同于中国旧小说(远之则如'三言'、'二拍',近之则如《官场现形记》等)的文字,也不同于'五四'时期新文学的白话文,它别创一格,朴素而又风趣。"下面随手从伍译第一回(可见这个译本还是沿用了章回小说的"模式")选一小段,无非是窥豹一斑的意思:

> 店主把达特安扶起,说道:"你的骂实在不错。"达特安说:"他虽是个无耻下流,但是她——她可是很美。"店主道:"什么她?"达特安忸怩道:"密李狄",说着又晕倒了。店主自言道:"懦夫也罢,美人也罢。我今日丢了两宗好买卖。但是这一个定要多住几天的了,算来还有十一个银钱入腰包。"那时候达特安身上只有十一个银钱,那店主盘算好了,住一天,算一个银钱,那达特安恰可尚有十一天好住。

这一段文字,在李青崖先生的《三个火枪手》里是这样译的:

> "他实在是个胆小鬼,"老板向着达尔大尼央走过来,一面这样低声说道,并且试着用这种附和的言词来和这个可怜的孩子和解,正如寓言里的白鹭和它的蜗牛和解一

样。

"对呀,十足胆小的东西,"达尔大尼央喃喃地说;"不过她呢,多么漂亮!"

"谁呢?她?"老板问。

"米莱迪哟,"达尔大尼央支吾地说。

他又第二次晕过去了。

"反正是一样,"老板说,"我失掉了那两个,不过留下了这么一个,我保证至少还留他再住几天。那仍旧有十一个艾矩的进款。"

谁都知道十一个艾矩恰巧是达尔大尼央留在钱袋里的数目。

译文跟原文似乎是更近了些,但神气好像差了一截。拙译近乎折衷,既不改动原文的一词一句,("鹭鸶对蜗牛的做法"之类的寓言故事,中国读者并不熟悉其出典,需要加注,因而会影响阅读效果,但若认定大仲马不仅是个故事写手,而且是位小说作家,那么恐怕还是不删的好),又取法乎伍译的生动风趣,力求避免板滞拘泥的行文:

"一点不错,是孬种。"客店老板一边咕哝着说,一边朝达德尼昂身旁走来,他想靠这么讨好来跟可怜的小伙子言归于好,就像寓言中的鹭鸶对蜗牛的做法一样。

只见剑子手慢慢地举起双臂,月光照在那柄宽刃的剑身上,射出一道寒光;接着双臂往下抡去。(《三剑客》第六十六章"行刑")

"对,真是个孬种,"达德尼昂喃喃地说,"可是她,真美!"

"哪个她?"客店老板问。

"米莱迪。"达德尼昂结结巴巴地说。

说完,他又一次昏厥了过去。

"反正一样,"客店老板对自己说,"跑了两个,可是这位还留着,我拿准他至少得再住上好些日子。这一来,就照样有十一个埃居好赚。"

我们知道,达德尼昂的钱袋里剩下的埃居,恰好就是这个数。

下面是原文:

— Il est en effet bien lâche, murmura l'hôte en s'approchant de d'Artagnan, et essayant par cette flatterie de se raccommoder avec le pauvre garçon, comme le héron de la fable avec son limaçon du soir.

— Oui, bien lâche, murmara d'Artagnan; mais elle, bien belle!

— Qui, elle? demanda l'hôte.

— Milady, balbutia d'Artagnan.

Et il s'évanouit une seconde fois.

— C'est égal, dit l'hôte, j'en perds deux, mais il me reste celui-là, que je suis sûr de conserver au moins quelques jours. C'est toujours onze écus de gagnes.

On sait que onze écus faisaient juste la somme qui restait dans la bourse de d'Artagnan.

李译书名《三个火枪手》，堪与原文逐字对照（冠词 les 按例不必译出，自当除外）：trois，三个；mousquetaires，火枪手。不过，笔者的复译本还是放弃了这个现成的译名。关于这一点，在译本序里有所交代："阿托斯、波尔多斯和阿拉密斯都是御前火枪营的成员，所以拙译行文中也称他们为火枪手。但实际上，他们平日里的形象是头戴插羽翎的宽边帽，身穿敞袖外套，腰间佩一柄长剑，左右各插一支短枪，但凡格斗厮杀，多用长剑短枪，火枪那玩意儿，是要到战场上才摆弄的。考虑到这些，本书就沿用译制片的旧译，取了《三剑客》的译名。"

加上与人合译的《四十五卫士》和《基督山伯爵》，这已经是第三次译大仲马了。我暗自思忖，下一部可不能再是这位了。

8. 译应像写
（《包法利夫人》）

1996年初，社里约我重译福楼拜的《包法利夫人》。

福楼拜视文字、文学为生命，每一部作品，每一章，每一节，每一句，都是呕心沥血的结果。这样的作家，有机会翻译——认真地重译——他的代表作，当然是译者的荣幸。

刚译了半章，适逢罗新璋先生来沪。晤谈中我提及正在重译《包法利夫人》，不料罗先生脱口而出应声道："已经有定本了，干吗还要重译？"我的心顿时凉了半截，但我还是硬着头皮给他解释，以前就看过李健吾先生的译本，挺喜欢的，不过这次接受约稿之前，对照原文仔细看了部分章节，觉得李先生的译文并非无懈可击，而且有一些"硬伤"。另外，我还说，在李先生之后，又已经有好几个译本问世，但就我的感觉而言，李先生的疏漏之处，好像未必全都得以补苴（我举了几个例子）。新璋先生听罢我这番说辞，沉吟片刻，然后对我说，如果我愿意，不妨

有幸和任溶溶先生同事多年。任老知道我要译《包法利夫人》，特地把珍藏的旧译本带到办公室，题词后送给我。

把译稿寄几页到北京——他这回是路过上海，待回北京寓所看过我的译稿后，他再跟我联系。

我正巴不得能有这样的机会呢。罗先生不仅是有数的翻译理论家，而且是身体力行，责己严于责人的翻译实践家（他曾在已经译出三万字的情形下，毅然退出《追忆似水年华》的译者队伍，理由仅仅是他觉得译文达不到自己悬定的标准）。能这么切切实实地跟他商榷，得到他的指点，在我自然是再好不过的事了。于是，我把手头译就的几页初稿，匆匆打印出来寄往北京。接下来，一边慢慢地往下译，一边等罗先生的回音。

回音终于来了。没有任何客套，附回的一页译稿上，用铅笔细细作了批改。"我们在自修室里上课"，删"里"字。"后面跟着一个没穿制服的新生和一个端着张大课桌的校工"，改为"……，还有一个校工端着张大课桌"。"正在睡觉的同学"，改为"打瞌睡的同学"。"仿佛刚才那会儿大家都在埋头用功似的"，改为"仿佛刚才大家都只顾用功似的"。等等，等等。

此外还有两段批语。"第3页倒数8–5行，李译不错。李译用的是小说语言，不是翻译语言。阁下可试一章，不看法文，用中文重写一遍。外译中，要中文取胜。要译得精确不难，'他搬来了两部梯子中比较高的一部'，c'est du chinois？照叶圣陶说法，是方块字写的外国话。"其中的法文，意为"这是中文吗？"

另一段批语更尖锐："阁下来书，无一多余的字；翻译就有剩字。可有可无的字，删去！以求文字干净。比如上课，不是躺在床上睡觉，原文如是dormir，也不拘守译成'睡觉'，根据上下文，应为'打瞌睡'。写管写，译管译，判若两人。译应像写！"

最后这句话，无异于当头棒喝。翻译，也会"当局者迷"。当什么局？当原文之局。用罗先生在另一封信里的说法，也就是"被原文牵着鼻子走"。这里还有个心态问题：译福楼拜，我颇有些诚惶诚恐，（跟译普鲁斯特第五卷时相比，好像有过之而无不及。）这样一来，往往就容易陷于拘泥的境地。这声棒喝也提醒我：译文还是改出来的，要想译得好一些，就得自己先动手改。

紧接着，罗先生又来一封信，鼓励我"放开手脚"，不要有顾虑，"中国出身Ecole Normale（巴黎高师）的还没几人呢！"信末言简意赅地写道："不妨一试！"李健吾是罗新璋的老师，罗先生说李译是定本，我从中体会到他对恩师的尊崇。罗先生对我说"不妨一试"，则让我想起他当年与傅雷先生通信、受傅先生勉励的往事。我决心使出浑身解数来"一试"。

这一试，试了两年。第四届全国优秀外国文学图书奖二等奖，也许可以看做是对这一尝试的褒扬。

9. 用心灵去感受
（《小王子》）

《小王子》在西方国家是本家喻户晓的书，有人说它的发行量仅次于《圣经》。

很多年以前，在法国进修数学的时候，买了这本漂亮的小书，书里的彩色插图是作者自己画的。后来还买了钱拉·菲利普（我最喜欢的法国男演员）和一个声音银铃般清脆的孩子朗读的录音带。

能像《小王子》这么打动人心的童话，并不是很多的。印象很深的，还有一本《夏洛的网》，其中的主人公是蜘蛛和猪。看了书，我非常感动，从此以后觉得这两种动物挺可爱了。

《小王子》更让人终生难忘：这真是一部经典的文学作品。虽然我们把它叫做童话，其实它也是给大人看的。整部小说充满诗意的忧郁、淡淡的哀愁，用明白如话的语言写出了引人深思的哲理和令人感动的韵味。这种韵味，具体说来，就是简单的形式和深刻的内涵的相契合。整部小说，文字很干净，甚至纯净，形式很简洁，甚至

法文本《小王子》封面。书里的插图,包括封面上的这幅,都是作者圣埃克絮佩里自己画的。

简单——用圣埃克絮佩里自己的话来说,它是写给"还是孩子时的这个大人"看的。

翻译《小王子》,我给自己设定的标准是明白如话、尽可能纯净简单。但真的做起来,远比想象的要难。举个例子来说,第二十一章里狐狸提出了一个很重要的(后来反复出现的)概念,法文中用的是apprivoiser(相当于英文中的tame),这个词的释义是"驯养"或"驯服"。但是我起初并没有这样译,我觉得"驯养"也好,"驯服"也好,放在上下文中间,好像显得挺突兀。为了让译文自始至终明白如话,我反复琢磨,选用了"跟……处熟"的译法,但又总觉得这样译了,感受跟看原文时不一样。我心里明白,这个译法没有到位。后来又改成"跟……要好",但也还是不满意。

最后还是译作了"驯养"。这样改,我有一个很认真的理由:apprivoiser这个词"确实不是孩子的常用词"——我的一个朋友这样告诉我,他的母语是法语。我还有另外一个理由:"跟……要好"(它比"跟……处熟"自然)虽然明白易懂,但缺乏哲理性,没有力度。而apprivoiser在原书中是表现出哲理性和力度的。我的第三个理由是:到底要不要恪守明白如话的原则,一旦这个原则跟传神的原则有了矛盾,应该怎么办?这个问题我和许多朋友讨论过,甚至争论过。这些朋友中间,有个大人叫王安忆,她劝我"两害相权取其轻"。还有个小男孩叫徐振，年纪大概和小王子差不多，他告诉我"驯养"他能懂。我听了他们的话，又想了半天，才终于用了"驯养"。

这是一本可以在孩提时代听妈妈朗读的书，也是一本可以在青春时期和恋人一起含情脉脉默念的书，更是一本可以在任何年龄让自己再感受一次纯真的美、再为纯真的美而感动一次的书。

本质的东西用眼睛是看不见的，只有用心才能感受——翻译何尝不是如此呢。

三、走近普鲁斯特

与张寅德、张小鲁合译了《追忆似水年华》第五卷以后，又有过两次翻译普鲁斯特的尝试。一次是节本（书名改为《追忆逝水年华》，译文出版社1997年7月出版）；另一次是图文本（斯泰凡·厄埃绘图，我译文字，人民文学出版社2006年5月出版）。

而真正让我走得离普鲁斯特更近一些的，还是《追寻逝去的时光》（这是我用的书名，请参见下文）第一卷《去斯万家那边》、第二卷《在少女花影下》和第五卷《女囚》的译事。第一卷、第二卷已译毕出版，第五卷的翻译至今仍在进行中。

以下几篇曾先后在报刊上发表过的小文，记录了这段延续了数年，而且还在继续的译事的些许印痕。

1. 写在第一卷译后

在将近一年的犹豫和准备后，花了一年半时间译就的这本《去斯万家那边》，仅仅是全书七卷中的第一卷。这部译稿去年（2003年）7月交付出版社，迄未见书。一晃，又是大半年过去了。

普鲁斯特的这部小说，有过一个中文全译本。我重译，是因为觉得一部小说由十五个人（也包括我在内）合译是个遗憾。十五个人，不止是一个groupe（小组），简直是一支troupe（部队）了。而我重译，正是站在了这支troupe、这个集体的肩上。

这个译本的书名《追忆似水年华》，让人想起李商隐的"此情可待成追忆"和《牡丹亭》里的"如花美眷，似水流年"，确实很美。但正如诗人于坚先生在一篇文章中所说，"这个书名让人以为追忆的是某种有意义的生活，闪光的生活，所谓过去的好时光。"那不是普鲁斯特的意思。

上世纪二十年代起陆续问世的英译本，

把普鲁斯特的这部巨著译成英文,蒙克里夫居功甚伟。但普鲁斯特在1922年听说英译本书名叫Remembrance of Things Past时,说:"这下子,书名全给毁了。"

企鹅出版社1992年出版蒙克里夫译本修订版,把书名改为 In Search of Lost Time,并在2003年推出重译的新译本时,保留了这个有点像哲学论文题目("寻找失去的时间")的书名。

书名是Remembrance of Things Past(往事的回忆)。普鲁斯特去世前两个月,听朋友告诉他英译本新书预告上用了这个书名,他写信给加利玛说:"这下子,书名全给毁了(Cela détruit le titre)。"可见,普鲁斯特对这个看上去很美的英译书名,是完全排斥的。

半个多世纪过后,企鹅出版社在1992年出修订本时易名为In Search of Lost Time(寻找失去的时间),并在2003年推出重译的新译本时保留了这个书名。也就是说,他们"割爱"舍弃华美的译名(在我看来,中文"追忆似水年华"的译名,跟这个英译名在涵义上、文字风格上都很相似),换用了一个比较贴近普鲁斯特原意的书名。

我曾和让-伊夫·塔迪耶(主持编纂出版七星文库本A la recherche du temps perdu的普鲁斯特专家)当面讨论过书名的问题。他觉得英文新译本的书名In Search of Lost Time(寻找失去的时间),相对来说要比旧译Remembrance of Things Past(往事的回忆)更贴近于法文书名。但法文书名中的à la recherche de相比于英文in search of,甚至相比于仅仅少了一个介词的la recherche de,显得更littéraire(有文采),更 poétique(有诗意)。而且,英译书名中的lost(失去),他以为不如用past(逝去)好。第一卷的书名Du côté de chez Swann,略带方言的色彩(普鲁斯特在信中提到过这一点),而且给人以动态的感觉,把话说全了有点像"咱们上斯万家那边去嘞"。第二卷的书名A l'ombre des juenes filles en fleurs,则有点ridicule(滑稽)。受他的启发,我后来分别把全书和第一、二卷的中译本取名为《追寻逝去的时光》、《去斯万家那边》和《在少女花影下》。

　　一般人多说此书的心理描写、意识流,但我觉得普鲁斯特描写的世界,比心灵世界要大。是的,他不写重大事件,但他写世态,写哲理,写人物(不仅仅写心理),写大自然,写椴花茶这样的"静物"。他用他的心去写这一切,他常爱说:allons plus loin(我得走得更远些)。一个对象,一个主题,一幕场景,一段分析,他都要"走"到最远,"走"到尽可能深处才歇手。小玛德莱娜蛋糕,凡特伊的奏鸣曲,临睡前妈妈的吻,斯万的嫉妒,无一不是如此。到了最远,笔下的一切就都变得鲜活,变得永恒了。

　　他的文字,看似信马由缰,多从句,多插入语,多宕开一笔。但看一下他那些一改再改,改得面目全非,甚至整段整段删去,反反复复重写的手稿和校样,我们就会知道什么叫惨淡经营,就会领悟艺术这个词的分量了。这样的惨淡经营,这样沉甸甸的分量,使翻译成为一个既痛苦又愉悦的过程。此刻面前放着时报的版本(台湾时报出版公司于2004年2月出版了《去斯万家那边》的繁体字版），我随机翻开一页，那是年幼的马塞尔初见盖尔芒特夫人的一幕场景：

> 在这张由那个大鼻子和那双炯炯发光的眼睛留在我视觉中的脸庞上（也许在我还没来得及想到出现在我面前的这个女人是德·盖尔芒特夫人的那会儿，这张脸庞就跑了进来，留下了先入为主的印象），在这个全新的、不再改变的形象上，我试图附着一个观念："她是德·盖尔芒特夫人"，可就是没法让它跟这个形象吻合在一起，好比两张圆盘的中心怎么也对不在一起似的……而且——哦，人类的视线是多么奇妙，多么不受羁束，它被一根又松又长、能够任意延伸的线一头拴在脸上，却又可以远远地离开这张脸四处游荡！——德·盖尔芒特夫人坐在那个后殿的先人墓石上，她的视线在四下里转悠，沿着教堂的一根根柱子移过去，甚至有如一道在中殿里徜徉的阳光那般，在我身上停留了一会儿，不过这道阳光在我接受它抚爱的时候，似乎是意识到这一点的。

我依稀回忆起，作者所表达的感受，我并不是一下子就能感觉到的，我是磕磕绊绊地走近过去，慢慢地、用心地让"两张圆盘的中心"尽可能地对在一起的。最先疾笔写在纸上的"第一印象",往往被涂改得像张大花脸,然后正襟危坐在电脑前,边想边改边打字,这是个让感觉变得清晰起来,变得尽可能接近我所理解的普鲁斯特的过程。

2. 《心灵的间歇》及其他

巴黎国家歌剧院曾经上演二幕十六场芭蕾舞剧《普鲁斯特和〈心灵的间歇〉》。其中的《心灵的间歇》,指的就是我们熟悉的长篇小说《追寻逝去的时光》。

这部七卷本小说,前后写了十多年。1913年3月,普鲁斯特在多家出版社相继退稿的情况下,将已完成的两卷书稿交付格拉塞出版社自费出版。两卷的卷名分别是《逝去的时光》和《寻回的时光》,而总的书名就叫《心灵的间歇》(*Les Intermittences du Coeur*,字面的意思是心跳间歇性停顿)。

5月中旬,普鲁斯特拿到出版社交来的校样后,把书名改成了《追寻逝去的时光》。他在给格拉塞的信中给出了一个解释。当时有个他很讨厌的作家刚出了本小说,书名叫"心律失常"(*Le Coeur en Désordre*)。普鲁斯特认为这个作家意在影射"心灵的间歇"是医学术语。他不屑于与此人为伍,所以决定把书名换掉。

与此同时,两卷的卷名也分别改为《去斯

万家那边》和《盖尔芒特家那边》。有朋友觉得"……家那边"太没有诗意,不适合做书名或卷名。普鲁斯特在回答朋友的信上,列举了《红与黑》和《地粮》(纪德)、《认识东方》(克洛代尔)等书名,说明这些"并没有什么'诗意'"的书名,恰恰都是杰作的书名。他对朋友说:"我用这两个卷名,是因为在贡布雷有这么两条路。对我的内心生活而言,这两条路有着特殊的意义。我觉得这样的卷名简朴、实在、不华丽、不抢眼,就像诗意得以从中萌生的劳作本身一样。"

1913年底,第一卷出版。这时普鲁斯特决定把全书分成三卷。第三卷叫《寻回的时光》。此前的半年时间里,普鲁斯特在写给朋友、出版商的信中,多次提到他考虑过其他一些卷名,例如《夏尔·斯万》、《夏尔·斯万最初的几幅肖像画》、《受伤的白鸽》、《永恒的爱慕》、《往事断续》、《七重天》,以及《茶杯里的花园》、《名之纪》、《词之纪》、《物之纪》等等。

而后的将近十年时间中,普鲁斯特惨淡经营,继续构建这座"大教堂",终于在去世前写完了这部七卷本的巨著。尽管卷名几经更换,总的书名却一直定为《追寻逝去的时光》。法国普学家让-伊夫·塔迪耶先生这样写道:"普鲁斯特为什么选了《追寻逝去的时光》(*A la* recherche du temps perdu）这个书名，而不是别的什么书名呢，我们不得而知。也许他心里想到的是巴尔扎克的《追寻绝对》（La Recherche de l'absolu）？介词à一般很少这么用，但用在这个书名中非常合适，整部作品从一开始就有了一种重大启程的动感。"

有一个问题，也许是我们读者更为关心的。那就是，普鲁斯特写这部小说的目的，是否真是回忆过去美好的年华呢？他在给朋友的信中明确地回答说："不，倘若没有理性的信念（croyances intellectuelles），倘若仅仅是想回忆，想靠回忆重温过去的岁月，我是不会拖着病体费心劳神写作的。我不想抽象地去分析一种思想的演变，我要重现它，让它获得生命。"

他还说："我把自己的思想乃至生命中最好的部分，都倾注在这部小说里了，所以在我心目中，它比我至今做过的所有事情都重要一千倍、一万倍，以前的那些事情跟它相比，简直不值一提。"

然而，杰作的命运常常是坎坷的。

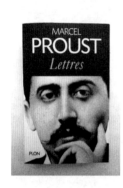

大开本，1355页，这本普鲁斯特书信集是法国朋友埃莱娜送给我的。法国人习惯送书作为礼物，这真是个好习惯。

3. 艰难的出版

1912年下半年，普鲁斯特完成了第一卷《逝去的时光》（后来改名为《去斯万家那边》）和第二卷《寻回的时光》（后来成为第七卷）的初稿。

10月26日，普鲁斯特请斯特劳斯夫人提醒《费加罗报》主编卡尔梅特（第一卷就是题献给他的），他曾答应代向法斯盖尔出版社联系出版事宜。卡尔梅特26日当天即与出版社联系，28日回信给斯特劳斯夫人，说法斯盖尔"欣然承诺"出版此书。于是普鲁斯特送去了打字稿，并对此书的出版充满期望。他在给好友路易·德·罗贝尔的信中写道："我真的觉得一本书就是我们身上掉下的一块肉，它比我们自己更重要，所以我现在为了它，像父亲为了孩子一样四处求人，是再自然不过的。"但是，接下去却杳无音讯。普鲁斯特去找卡尔梅特，对方不接待。去看法斯盖尔，也吃了闭门羹。原来，出版社把稿子交给了作家雅克·诺尔芒审读，此公在审读报告上这么写道："把这部七百十二页的稿子从头到底看完

(……)简直不知所云。它到底在讲些什么?它要说明什么意思,要把读者带到哪儿去?——我只能说我一无所知,无可奉告!"12月24日,法斯盖尔正式退稿。

11月初,普鲁斯特将《逝去的时光》打字稿的第二稿送交加利玛,他是新法兰西杂志出版社(由加利玛和新法兰西杂志社同仁一起创立的出版社,日后著名的加利玛出版社的前身)的行政负责人。当时,对出版选题最有发言权的,还是杂志社中的纪德、施伦贝格、昂格莱等人。他们对普鲁斯特有一种先入为主的成见,觉得他只是个经常出入社交场的纨绔子弟,况且,这些作家向来主张少长句、去修饰的文风,普鲁斯特绵延不尽的长句,在他们看来是"缺乏剪裁,文笔荒疏"。12月23日,加利玛将稿子退还给普鲁斯特。

普鲁斯特随即托罗贝尔把稿子转交奥朗道夫出版社。1913年2月,出版社总编恩布洛给罗贝尔发去退稿信。他在信中写道:"我这人可能是不开窍,我实在弄不明白,一位先生写他睡不着,在床上翻过来又翻过去,怎么居然能写上三十页。"普鲁斯特知道此事后,在给朋友的信上激动地说:"你把精神生活的体验,把你的思想、你的痛苦都浓缩在了(而不是稀释后加进)这七百页文稿里面,而那个人手里拿着这文稿,却不屑一顾,还说出这种话来!"

普鲁斯特的手稿中,经常有类似于浮签的贴页。上面密密麻麻写满增补的文字,有时一个"折叠式"贴页的内容,排版后要占好几页的篇幅。

多长句,是普鲁斯特小说的特色。翻译时,会感到仿佛在听一位思想绵密的友人娓娓而谈,让你不感到冗长,而只觉得言语中依稀有东西在闪光。

最后，他找到了年轻的出版商格拉塞。格拉塞同意先出版第一卷，但要求普鲁斯特承担出版费用。1913年3月，普鲁斯特与格拉塞签订的自费出版合同中写明，作者先期出资1750法郎，以后再支付校样修改等费用。第一批45印张校样改完送交出版社时，普鲁斯特就另行支付了595法郎"校样重排费"。

这样一来，普鲁斯特反倒放开了手脚，他在校样上大刀阔斧进行删改，有时"二十行删得剩下不到一行"。与此同时，从一校样直到五校样，他不断地增补内容。删减得多，增补得更多，所以单单一校样，修改后篇幅就增加了一倍。最后，格拉塞觉得篇幅实在太大，非要普鲁斯特作大幅度的删节不可。出于无奈，普鲁斯特把第三部一分为二，让前一半留在了11月终于问世的第一卷里。那后一半，说来话长，竟要在五年以后，等第二卷出版时，方能见到天日了。

《在少女花影下》的校样。校样的空白处不够写时，普鲁斯特先把增添的内容写在另一张纸上，然后"拼接"到校样上。

有人可能以为普鲁斯特的写作是信马由缰、不加约束的。但看了他的手稿，我们就会知道什么叫"惨淡经营"，就会明白他在全部手稿的结尾处写上Fin（完）时，为什么对塞莱斯特说："现在，我可以死了。"

4. 追寻普鲁斯特之旅

刚译完普鲁斯特七卷本小说的第一卷《去斯万家那边》，恰好有机会去法国小住两个多月。在我，这可以说是一次"追寻普鲁斯特之旅"（A la Recherche de Marcel Proust）。

伊利耶－贡布雷

到巴黎的第四天。清晨五点半起床，八点一刻从蒙帕纳斯车站出发，乘火车前往伊利耶－贡布雷。中途到夏特勒后要转车，换乘仅一节车厢的小火车驶往伊利耶。伊利耶（Illiers）是普鲁斯特父亲的家乡，也就是普鲁斯特笔下的贡布雷（Combray）。第一卷《去斯万家那边》的第一部"贡布雷"，让许许多多普鲁斯特的读者熟悉了他所眷恋的这座小城。1971年，法国政府把这座小城改名为伊利耶－贡布雷。从此，小说中的地名和真实的地名紧紧联系在了一起。

火车驶近小城。我情不自禁地站起身来，急切地想看看教堂的尖顶，体验一下普鲁斯特远远

贡布雷的小火车站。

望见这座小城的心情:

> 从十法里外的火车上望去,看到的仅是一座教堂,这就是贡布雷,在向远方宣告它的存在,诉说它的风致。

十点稍过,火车停在伊利耶-贡布雷的站台上。这是个不起眼的小车站。从上海乘火车到苏州去的途中,可以看见好些这样不起眼的小车站。车站旁就是我们预订的旅馆: Le Guermantes(盖尔芒特旅馆)。德·盖尔芒特公爵夫人和她的家族,可是普鲁斯特小说中的重要人物哟。看着一个家庭式的旅舍取了这么个气派的名字,觉得又亲切又发噱。

上午去小城的旅游接待处,在那儿领取包括地图在内的免费资料。路过一家点心铺时,我们在橱窗前驻足寻找"小玛德莱娜"蛋糕。想必是我们的好奇形之于色了,一位过路的老人问我们可是在找petites Madeleines,我们说是啊,怎么没看见呢。他笑吟吟地领着我们步入不大的店铺,一边指着里面柜台上那筐"就像用扇贝壳瓣的凹槽做模子烤出来的"小玛德莱娜,一边掏钱买了几个递给我们。我们感到很意外,但估计要还他钱他可能会不高兴,于是请他一起去喝一杯。不想他回答说恐怕没时间了,他得赶着去买面包,妻子在家等着哩。可说归说,他兀自迈着碎步走在前面，领我们去参观教堂，兴致勃勃地向我介绍普鲁斯特描写过的圣水盂和墓碑，指着彩绘玻璃上的画像告诉我谁是"坏东西吉尔贝"。他说得很快，很匆忙，每换一个地方总得说一句deux minutes（就两分钟），可加在一起差不多讲了半个小时。分手前，他动情地对我们说：J'aime Combray（我爱贡布雷）。是啊，伊利耶在老人的心目中，和普鲁斯特笔下的贡布雷已经融为一体了。

下午，我们早早来到"莱奥妮姑妈之家"。当年小普鲁斯特到伊利耶度假时，就住在莱奥妮姑妈家。这幢带花园的宅子，现在成了"马塞尔·普鲁斯特纪念馆"，每天下午接待参观者。莱奥妮姑妈的房间在楼上，里面仿佛还有着普鲁斯特笔下的气息：

莱奥妮姑妈的家，现在成了"马塞尔·普鲁斯特纪念馆"。

> 这些气息就像乡镇上报时的大钟那样闲适，那样一丝不苟，悠忽而又有条不紊，无忧无虑而又高瞻远瞩，有如洗衣女工那般清新，有如早晨那般宁谧，充满虔诚的意味，怡然自得地把整座小城笼罩在一种和平的氛围里。

回到屋前的花园，倍感亲切地看到了那张铁制凉桌，还有——那美妙的门铃：

那些傍晚，我们在屋前的大栗树下，围坐在铁条凉桌旁边，只听得花园那一头传来了铃声，[……]门铃怯生生地响了两下，那声音像鹅卵石般润滑，依稀闪着金光。

普鲁斯特花园。

第二天是星期天，小城居民恪守安息日旧俗，超市关门，店铺打烊，唯有教堂对面的那家餐馆是个例外。这家名叫Le Florent（弗洛朗餐厅）的馆子，菜价据说是全城最昂贵的。这样的价格有两个依托，一是安息日不休息，店门照开不误，二是菜肴取名于普鲁斯特的小说：马塞尔·普鲁斯特套餐，阿尔贝蒂娜色拉，德·洛姆亲王夫人鱼排，等等。

沿着马塞尔·普鲁斯特林荫道走下去，就是马塞尔·普鲁斯特花园和chemin des Aubépines（英国山楂小路）。英国山楂，这种我们并不熟悉的植物，在第一部"贡布雷"中是那么令人向往：

小路上到处都是英国山楂的花香，就像在嗡嗡作响似的。一溜树篱，宛若一排小教堂，掩映在大片大片堆簇得有如迎圣体的临时祭坛的山楂花丛里；花丛下面，阳光在地面上投射出四四方方的光影，仿佛是穿过玻璃天棚照下来的；山楂花的香味，显得那么稠腻，就像是成了形，不再往远处飘散似的。

再往前走就是route de Méséglise（梅泽格利兹大路）。小城的地图告诉我们，这就是有名的"斯万家那边"了。信步走去，却感觉不到小说中那"最美的平原景色"。收割后的田野空荡荡的，远远望见的几户农舍显得那么简陋。好不容易遇到一位戴眼镜的中年人骑着自行车迎面而来，我和他打招呼，他客气地停下车，和我们攀谈。他一眼看出我们是普鲁斯特的崇拜者，"否则你们不会上这儿来"。我们问起英国山楂，他说路旁的树丛就是，但这种小树在夏天开花，秋天是看不到那些白色、粉红色花朵的。说到"斯万家那边"，也就是梅泽格利兹那边，他笑了起来："普鲁斯特笔下的景色，总要比我们看到的景色来得美。"我心想，这位普鲁斯特家乡的中年人，用朴素的语言说出了一个很重要的道理。这个道理，普鲁斯特在小说中是这么说的：

我依然在寻路，我转过了一条街……可是……那是在我心中的街哟……

教堂的钟楼，何尝不是普鲁斯特心中的钟楼呢？在欧洲，几乎每个小镇都有一座教堂。在一个外人眼里，这座圣伊莱尔教堂的钟楼也许和其他千千万万座钟楼并没有多大的区别。然而它在普鲁斯特心中自有一种无与伦比的美：

我隐隐约约觉得外婆在贡布雷的钟楼上找到了对她而言在这世上最可珍贵的东西，那就是自然的风致和卓异的气度。[……]她的整个身心都跟尖顶的取势融为一体，目光也仿佛随它向天而去；与此同时，她朝向塔身陈旧剥蚀的石块亲切地笑着，此刻仅有塔尖沐浴在夕阳的余辉中，而一旦整个塔身进入这抹夕照的范围，就会敷上一层柔美的色调，仿佛骤然间升得又高又远，好似一支用假声升高八度演唱的歌。

毕竟一个世纪过去了，如今的伊利耶-贡布雷有好些地方已不复是小说中二十世纪初贡布雷的旧貌。当年的圣灵街，如今叫普鲁斯特大夫街，以纪念马塞尔的父亲普鲁斯特大夫，古色古香的鸟儿街改称加洛潘大夫街（加洛潘大夫也是当年小城的一位医生），车站大街则成了克莱芒梭大街——盖尔芒特旅馆就在这条街上。

但是当我在旅馆的房间里把一袋椴花茶放进杯子的时候，我的思绪仿佛又回到旧时的贡布雷，眼前浮现出了莱奥妮姑妈杯里无比美妙的药茶：

干枯的茶梗弯弯曲曲地组成一幅构图匪夷所思的立体图案，在虬曲盘绕的网络中间，绽开着一朵朵色泽幽淡的小花，仿佛是由哪位画家精心安排，有意点缀上去的。[……]那片月光也似的柔和的粉红光泽，在干茎枯梗之林中，把小朵金色玫瑰般的挂在林梢的花儿衬托得格外分明。

奥赛博物馆

巴黎大大小小有一百多个对公众开放的博物馆、纪念馆。其中，由火车站改建的奥赛博物馆有其特殊的吸引力。

普鲁斯特那幅最有名的肖像就陈列在这儿。画家雅克－埃米尔·勃朗施是普鲁斯特在奥特伊时的邻居。油画上二十一岁的"小马塞尔"看上去像个纨绔子弟，瓜子脸，留着两撇细细的唇髭，胸前插一朵兰花。我想，这也就是奥黛特胸口那有名的卡特利兰（catleya）吧：

有一段时间里，斯万一成不变地沿袭第一次的次序，最先总是用手指和嘴唇触摸奥黛特的胸口，而且每次都是由此开始抚爱和拥抱；直到很久以后，摆弄（或者说，成了惯例的借口摆弄）卡特利兰此调早已不弹，理一下卡特利兰的隐语却俨然还是他俩常用的一个简捷的说法。

和这幅画放在一起的，是小说中夏尔吕男爵

孟德斯鸠雕像。后景上的两幅油画，画的分别是普鲁斯特和孟德斯鸠。

的原型孟德斯鸠伯爵的一幅油画和一尊雕像。油画出自意大利画家乔伐尼·伯尔迪尼的手笔,雕像作者则是俄罗斯王室成员保尔·特鲁贝茨柯依。

普鲁斯特十七岁时,同学雅克·比才把他引进了斯特劳斯夫人的沙龙。沙龙女主人斯特劳斯夫人(Mme Emile Straus)的第一个丈夫是作曲家乔治·比才,丈夫去世后改嫁律师埃米尔·斯特劳斯。这位贵妇人为年轻的普鲁斯特打开了贵族沙龙之门,盖尔芒特家那边的小说形象可以说是在这儿开始孕育的。在埃利·德洛内画的《比才夫人像》跟前,我驻足良久。

大作家阿纳托尔·法郎士,年轻的普鲁斯特也是在沙龙中认识的。他成了日后小说中作家贝戈特的原型。

印象派一直是我的所爱,当年网球场博物馆(musée du jeu de paume)中马奈、莫奈、雷诺瓦和瑟拉(Seurat)的画作曾让我感到那么温暖和亲切。如今,印象派画作悉数从那儿移到奥赛,成了奥赛博物馆的展品。这回,我急于想看莫奈笔下的那个小男孩。对,就是它:《寓所一隅》。寓所外高大的盆栽沐浴着阳光,屋里却很暗,一个小男孩站在打开的房门里向外望着,显得那么孤独。你会感到,这个小男孩就是《去斯万家那边》中害怕孤独、上床前没有妈妈的吻无法入睡的小马塞尔。

还是莫奈,他笔下的睡莲让人马上联想起普

埃利·德洛内的油画《比才夫人像》。我们熟悉的作曲家比才的这位夫人,也就是后来的施特劳斯夫人,是巴黎著名沙龙的女主人。

鲁斯特那段优美的描写：

莫奈的油画《寓所一隅》。画中的小男孩，不就是普鲁斯特小说中的主人公吗？

> 稍远些的水面上，片片睡莲簇拥在一起，犹如一座浮动的花坛，仿佛花园里那些蝴蝶花搬到了这儿，蝴蝶那般把蓝得透亮的翅膀停歇在这座水上花坛的斜面上[……]傍晚当它宛若某个遥远的海港，披着夕阳那玫瑰色的、梦幻般的霞光，不停地改变着色彩，以便始终跟色泽比较固定的花冠周围的那种在时光里隐匿得更深的、更奥妙的东西——那种存在于无限之中的东西——显得很和谐的时候，开在这片水面上的睡莲，就像是绽放在天际的花朵。

在奥赛见到克利姆特(Gustav Klimt)的那幅《树下的玫瑰》，感到一阵意外的欣喜。这位维也纳色彩大师画布上的玫瑰，美得如同普鲁斯特笔下可爱的花儿：

> 在许许多多裹着锯齿形纸片的花盆里闪耀着柔嫩铃蕾的小株玫瑰，挂满了成千上百色泽更淡雅的小蓓蕾，将绽未绽。

加利玛出版社

在我心目中，加利玛出版社这个名字，依

稀闪烁着金色的光芒。到巴黎的第一个星期,我就去弗纳克连锁书店(FNAC)买了收入"七星文库"的普鲁斯特文集,其中除了《追寻逝去的时光》,还包括他早期写的全部作品。厚厚的六本,很贵,但我并不犹豫,因为这是加利玛出版社的版本。我的心情,就像一个小孩终于得到了心心念念想着的礼物。

所以,走进加利玛的一间办公室和塔迪耶先生晤谈时,我充满着期待。七星文库版本的《追寻》,就是在他的指导下编纂出版的,每本书的扉页上都写着"Edition publiée sous la direction de Jean-Yves Tadié(在让－伊夫·塔迪耶指导下出版)"的字样。我着手翻译普鲁斯特的七卷本小说以来,单单为个书名,就翻来覆去地考虑过,若有所失地踟蹰过,"出尔反尔"地改动过。和塔迪耶先生的交谈,前半部分是他问我答,后半部分是我问他答,彼此都没有套话,双方都直奔主题。成年累月积聚起来的问题,能够在一席谈话中得到如此明确、具体而有说服力的答案,真是令人兴奋:A la recherche du temps perdu 这个书名究竟有没有文采,有没有诗意?英译本先后用过Remembrance of Things Past 和 In Search of Lost Time两个译名,相对来说其中哪一个更好些?法文中的perdu一词兼有英文中lost和past的含义,如果必须在这两个词中间选一个的话,应该选哪一个?小说第一卷Du côté de chez Swann

塔迪耶先生在赠书上题词。

中的du，究竟是"在"还是"去"？第二卷A l'ombre des jeunes filles en fleurs中à l'ombre de 的含义应取本义"在……荫蔽下"、"在……荫翳下"，还是取引申义"在……庇护下"，抑或取"在……影响下"或"在……近旁"之义？等等。塔迪耶先生有问必答，干脆利落。这样的一家之言，在我是极为可贵的。

我们约定以后互通e-mail。我在巴黎期间和回上海后都给他发过电子邮件，他很快作复，回答了我新萌生的问题。

我玩味着他在厚厚两本《马塞尔·普鲁斯特》传记扉页上的题词："给怀着英雄气概（héroïquement）翻译马塞尔·普鲁斯特的周克希先生"，不由得感慨系之。"英雄气概"让我愧疚，除非堂吉诃德也算英雄，要不然这英雄二字从何谈起呢。但其中的勖勉之意，还是令我感动。

奥斯曼大街·香榭丽舍花园

普鲁斯特一生中大部分时间都住在巴黎，其中从三十五岁到四十八岁这段很重要的时期，住在奥斯曼大街102号。

那是一条繁华的街道，离普鲁斯特当年住所不远的40号，就是大名鼎鼎的拉法耶特商场（Galeries Lafayette，众多去巴黎的同胞更熟悉

Lafayette的谐音俗称"老佛爷",那可真是个有些荒诞色彩的俗称)。更近些是54号的巴黎春天(Printemps Haussmann)。

我怀着瞻仰圣地的心情,沿着喧闹的街市往102号而去。到得门前,不由愣了一下。只见气派的大门正中,挂着Banque SNVB(SNVB银行)的牌子。我至今也没弄明白,这个SNVB到底是什么银行。当时只觉得心里一阵沮丧。好不容易打起精神再细细打量这座大楼,才发现右边墙上有一块不大的木牌,上面写着:普鲁斯特(1871-1922)于1907至1919年间在这座大楼里居住。

底楼果然是银行大厅。但在进门处放着一张不大的桌子,桌后端坐着一位望之俨然的女士。她漠无表情地回答了我的提问,给什么人打了个电话,然后示意我坐在旁边的沙发上。等了好一会儿不见动静,我过去提醒她,她又打了个电话,冷冷地对我说:"可以上去了,三楼。"在巴黎见惯了笑容可掬的女士小姐,面对这位正颜厉色的女职员,我心里响起一个凛然的声音:银行!

三楼的一隅,保留着普鲁斯特当年住过的几个房间。仅仅是几个,也就是说另外有些房间被银行改作他用了,这是普鲁斯特故居管理员告诉我的。这位管理员态度亲切地给我一本小册子,陪我看了普鲁斯特宽敞的起居室和当年的餐厅（如今改为前厅）。两个客厅（Grand salon 和Petit salon）门紧闭着，据她说"里面正在开会"。剩下的另一个房间，如今是她的办公室，也谢绝参观。

我问她喜欢普鲁斯特吗？回答是意料之中的：喜欢。又问，对普鲁斯特的小说想必很熟悉吧。回答却出乎意外：几乎没看过。我忍不住冒昧地动问原因。回答是：太难了，一个长句看到后面，已经忘记前面讲些什么。结束坦率的对话后，我告辞离开。

那本薄薄的小册子里，在起居室的照片旁边有一句令人肃然起敬的话：马塞尔·普鲁斯特在这个房间里写出了《追寻逝去的时光》的大部分内容。而从其他的资料上，我知道了当年正是由于银行的迁入，普鲁斯特才愤然离开此地，搬往巴黎西区的洛朗·皮夏街。

普鲁斯特的童年、少年和青年时代都在玛勒泽布大街9号的寓所度过。这条大街位于有名的玛德莱娜大教堂边上，再往前就是香榭丽舍林荫大道，沿着大道走过去，在快到协和广场的地方有一座小小的公园，那就是香榭丽舍公园，普鲁斯特小说中小马塞尔和女伴吉尔贝特童年时代的乐园。

如今公园里有一条以普鲁斯特命名的路：Allée Marcel Proust（马塞尔·普鲁斯特小径）。说是小径，其实是条很宽的大路。坐在路旁的长凳上，没准你会感到吉尔贝特的倩影依稀就在眼前：

> 吉尔贝特飞快地朝我奔了过来，方顶的皮软帽下面，红扑扑的脸蛋放着光，因为冷，因为来晚了，因为盼着玩儿而非常兴奋；在离我还有一段路的地方，她纵身在冰上滑了起来，而且，也不知她是为了保持平衡，还是觉着那样更优美动人，或是在模仿哪一位滑冰好手的姿势，总之她是张大了双臂，笑吟吟地往前飞，彷佛是想来拥抱我似的。

布洛涅树林

占地相当于整个巴黎市十二分之一的布洛涅树林（Bois de Boulogne）位于巴黎西郊。从市区西端的王太子妃城门（Porte Dauphine）出城，扑入眼帘的就是这片郁郁葱葱的树林。而树林深处树木参天、浓荫匝地的景象，使人觉得这是一座城市中的森林。

第一卷《去斯万家那边》的尾声，以布洛涅树林的景色为背景。普鲁斯特用抒情的笔调描写了树林美妙的风景以及风景中的人儿，而后不胜感慨地写道：

巴黎西郊的布洛涅树林，俨然就是城市中的森林。

我们一度熟悉的那些地方，都是我们为方便起见，在广袤的空间中标出的一些位置。它们只不过是我们有关当年生活的无数相邻印象中的一个薄片；对某个场景的回忆，无非是对某个时刻的惋惜罢了；而那些房舍、大路、林荫道，亦如往日的岁月那般转瞬即逝。

至此整个第一卷戛然而止。

我们循着小说提供的线索，寻觅当年普鲁斯特的踪影。内湖，天鹅岛，加特朗草地，赛马场，动物园，玛格丽特王后小道，隆尚（Longchamps）小道……身临其境，我才体会到，原来大自然果真和普鲁斯特笔下的描写一样美。可惜当年那些优雅的女性已不复可见，但动物园门口那几个天真可爱的孩子让我感到，上天赋予人类的美是不会枯竭、不会泯灭的，纵使它变换着形态。

鹿特丹·阿姆斯特丹

"说出来您一定会笑话我，这位拦住您不让您来看我的画家（她是想说弗美尔），我可从来都没听说过；他还活着吗？在巴黎能看到他的作品吗？"

这是"斯万的爱情"中奥黛特对斯万说的话。的确，在普鲁斯特生活的年代，弗美尔（Vermeer）这位十七世纪的荷兰画家很少为人所知。

1902年，普鲁斯特去荷兰旅游时发现了这位画家。他在给朋友的信上写道："在海牙博物馆看见《代尔夫特景色》的那一刻，我感到自己见到了世界上最美的油画。"他对画中那一小块黄色墙壁赞叹不已，并把这种赞叹移植到了小说人物贝戈特身上，弗美尔对这一小方墙壁的美妙处理，使作家贝戈特感悟到了艺术创作的真谛。

来到阿姆斯特丹国立博物馆，迎面竖着高逾三层楼的大幅展牌，画面正是弗美尔的《挤奶女工》。博物馆的展品中，还有这位擅长用色彩表现空间感和光影效果的画家的其他作品：《情书》、《帮厨女佣》、《小街》等等。稍感遗憾的是，展馆里观众络绎不绝，趁人来人往的空隙给画幅拍照，时间上显得很仓促。但联想到欧洲人艺术修养从整体上说比较高，客观上正得益于这种充满艺术氛围的大环境，又不由得心生羡慕。

欧洲这块土地上艺术积淀之深，再次让我感到自己的浅薄。在巴黎结识普鲁斯特研究学者蒂埃里·拉热先生以后，才知道荷兰画家凡·东恩（Van Dongen）曾为普鲁斯特的小说画过七十多幅水彩插图。费了好些周折总算看到了凡·东恩的插图。不想一见之下，心头霎时间涌起一股暖流，那种奇妙的感觉，也许就是所谓惊艳的感觉吧。凡·东恩是与马蒂斯齐名的野兽派画家，在看到他的画作以前，我怎么也不会将普鲁斯特的小说跟野兽派色彩艳丽、对比强烈的画风联系起来。但看到凡·东恩为《追寻》画的插图时，我只觉得眼前一亮，心头充满欣喜。我认定，这就是普鲁斯特。

在凡·东恩的故乡鹿特丹，参观了凡·高纪念馆。我们事先咨询过，知道在这儿，而且只有在这儿能看到凡·东恩的画作。看过一层、二层展厅凡·高的作品，拾级而上来到三楼。一进门，视线顿时被十几米开外的一幅大型油画吸引。那是一幅比真人还大的大半身肖像画。画面上，一个风姿绰约的年轻女子身穿紫裙，戴着白色珍珠项链，大块朱红的背景，加上脸部手部的绿色阴影，让人看了血脉贲张，禁不住想叫一声好。那是凡·东恩1910年为他新婚妻子画的。可惜这一纪念馆有个特别之处，就是参观者不得拍照，哪怕不用闪光灯也不行。

在凡·东恩的家乡，唯有这座纪念馆收藏他的画作，而展出的竟然仅此一幅，这让我大惑不解。回到巴黎才明白，凡·东恩后来长期生活在巴黎，他的画作更多的还在巴黎。

巴黎，你真是座让人看不够的城市。追寻普鲁斯特之旅回到巴黎，也就不会有穷尽了……

与格勒尼埃先生夫妇的合影。格勒尼埃是加缪的朋友和同事。当年，我觉得他简淡的文字正契合我的心意，于是译了他的三个短篇，投稿给《外国文艺》。后来又和罗嘉美女士合译了他的一个中短篇小说集。与内子在巴黎小住期间，有幸去他家做客，他夫人展示了高超的厨艺，他则展示了珍爱的藏书。

5. 巴黎，与程抱一叙谈

在巴黎认识陈丰女士后，有一天接到个电话，电话那头说他姓程，叫程抱一，问我是否有时间跟他见面谈谈。我心里高兴，回答说有时间，当然有时间。我们约定在几天后的下午见面。事后我知道，是陈丰给我们牵的线。

一个星期五下午，如约去布瓦索纳德街（rue Boissonade）见程先生。头天晚上程先生又给我来过电话，仔细告诉我街名的拼法是"在boisson 也就是'饮料'后面加ade"，最好在Raspail地铁站出站，另外还向我说明两点情况，一是那儿并非他的寓所，而是他"写作和休息的地方"，二是他准备了几本书送给我，但手头没有 Le dialogue（《对话》）。他说，这本从两种语言文字的比较谈起的小册子，也许我会感兴趣，他特地和出版社联系过，可惜出版社一时也拿不出，要下星期一才能给他。我觉得他好像在反复考虑怎样才能让我拿到这本书，为此颇费踌躇。

循着布瓦索纳德街来到大楼门口，找对讲机摁钮时发现，程先生有两个信箱，一个上面写着他和夫人的姓，另一个仅仅写着Cheng（程），看上去有普通信箱的两倍那么大。我上到二楼，程先生已在楼梯口等我。

　　工作室不大，简朴到几乎没有什么装饰，仅在墙上挂了几幅小小的画。在我身边的一幅颇有印象派画风，但凑近一看，又觉得笔墨线条是中国的。程先生的目光跟随着我，先是要我不妨脱下外套（巴黎也许是暑天大热的缘故，十月底已寒意逼人），"尽量让自己放松"，接着就向我介绍这幅画的来历。他语速不快，但正如我在电话里注意到的，他说话不时给人一种边思索、边说话的印象，让你感到舒缓的语调中有着一种内在的张力。他的用词也保留着思索的痕迹，比如让客人"尽量放松"，听上去似乎有些特别。但我当时就感觉到了他的真诚，他是在把自己的思想尽量准确地表达出来。他不需要空泛的寒暄。

　　这幅画的作者叫司徒立，程先生赞许他"才气是大的"。很多年前司徒先生刚到巴黎时，好些画廊对他刮目相看，以展出他的画作为荣。但司徒先生"走的是一条往最深处去的路"，他不肯走假中西合璧之名随手涂抹以媚俗的"捷径"。时间一久，画商都疏远了他。如今买他画的人还有，但除了一些相与已久的买家外，只能靠de bouche à oreille（口耳相传）寻觅知音，所以新的买家不多。

　　随即话题转到了程先生当院士后的感受。

法兰西学院的四十位"不朽者",每星期要开半天会。更使他觉得难以适应的是应酬多、信件多。各种各样的邀请络绎不绝,有的大公司请他参加庆典,声明只要他到场露个脸,无须讲话。工作室则信满为患,原有的信箱实在太小,无法容纳来自各地的一摞摞信。后经邻居一致同意,邮局为他增设了我看见的那个大信箱。来信五花八门,有表示仰慕的,有托办事的,甚至有要钱的。程先生感叹地说:"可惜的是,真正朋友的信反而少了。"我想对他说,那是朋友不想打扰他,转念一想,程先生何尝不知道呢。他的感叹,是一个有真性情的长者发自内心的感叹。

他说起,赵无极先生是他的至友,前不久赵先生又请他为画册写序,但他实在没有时间再写篇新的序了。我接住这个话茬问他对赵先生的绘画作何看法。他说早期是好的,后来一段时期有一种骚扰。(我插问:"一种苦闷?"他说:"也不是苦闷,而是受到一种骚扰,内心有一种骚动。")晚年追求新的境界,讲究空灵。

说到这儿,程先生的谈锋更健了。我打算作些记录,他看我拿出纸笔,看我用探询的目光望着他,兀自边思索边表达。我知道他是默许了。他提到一个法文词grâce,借用这个原义"圣宠"的词来表达他对神韵的感悟。他说,中国画的境界可分三个层次:氤氲,气韵,神韵。(身为诗人的程先生笑着对我说:"你看,每个层次我都用yun的音收尾。")氤氲,用石涛的说法,是一种阴阳交汇的境界。气韵生动则是有了大节奏,亦即到了与宇宙的节奏合拍的境界。神韵即grâce,则是一种可遇而不可求的境界,对画家而言,这就是神来之笔,就是心有灵犀、豁然开朗的最高境界。空灵如果仅仅是文人骚客茶余酒后信手落笔的"空灵",那是谈不上神韵的。真正的空灵,是尝尽人间烟火后的空灵,是与天地对话的境界。《红楼梦》结尾处的空灵,是曹雪芹在尝尽人间酸苦后才达到的境界。"

他知道我正在重译普鲁斯特的七卷小说。尽管他事先在电话里说他对普鲁斯特没有研究,并为此向我表示歉意(我不胜惶恐,马上向他坦白我只看了一小段《天一言》,他笑说:"这没关系"),但他一讲起普鲁斯特,我就感觉到,他其实对普鲁斯特是很熟悉、很喜爱的。他说,普鲁斯特的作品中有许多美妙的境界,但那是在看透人世间的vanité(虚妄),绕过人世间这个大圈子后重又回到童年时代的境界。对普鲁斯特而言,人生的感受是痛苦;这是他写作的出发点。为什么他会有这样的感受呢?程先生为自己设问。他的目光凝视着一个地方,专注于回答这个设问的思索,语调徐缓而有力。首先是因为普鲁斯特从小患有哮喘,病情愈来愈严重。从童年起,人间的plaisir(欢愉)就不属于他,极其敏感的他始终与真正的生命有一种"隔"。其次,正因为他经常出入于上流社会的沙龙,他看穿了这个社会的vanité 和illusion(幻象)。在沙龙里,他只是个petit Marcel(小马塞尔),只是个没有家累、呼之即来的同伴。何况他是半个犹太人(母亲是犹太人),当时的德雷福斯事件影响波及朝野,普鲁斯特"是维护德雷福斯的少有的勇敢的人",但在沙龙里他也只能缄口。"你想想,一个三十多岁的敏感的人,一个修养学识远远高于Guermantes(盖尔芒特家族)的人,却始终被他们看作petit Marcel,被他们差来遣去,他会有怎么样的感受!"

程先生说自己跟普鲁斯特有不少相似的地方。"我不是说自己可以和普鲁斯特相比,"程先生沉思地说,"而是说我也像他那样敏感,对他和现实生活的'隔'有一种共鸣,对他看透上流社会vanité的愤懑有切身的感受。"程先生说起了自己的童年和青少年时代,但往往说着说着就匆匆收住话梢对我略带歉然地一笑:"这问题我今天没法展开讲了,陈丰可以对你说得更详细。"我很想告诉他,陈丰没跟我讲过多少他的情况,但还是没说。从他说的几个片断中,我了解到他从小就是个很敏感的孩子,普鲁斯特对母亲的依恋,他是感同身受的,这种依恋和孩子的敏感有关,对这样的孩子来说,母亲象征着最美好的一切。随后年龄稍长,到了九、十岁的时候,他经历了一个"心胸开裂的时期"。姑妈从法国带回的卢浮宫裸体雕塑的画片,对他萌动着的感情来说是一种美的冲击。报上刊载的南京大屠杀的照片则使这颗幼小的心灵感到强烈的震撼,看到了至恶的狰狞面目。程先生称自己的心胸"经历了一场悲剧性的开裂,开向至美和至恶"。程先生解释说,美是欢愉,是"欢之泉源",但由于那是一种可望而不可即的美,因而也必然是悲剧性的。"美是大的向往,恶是大的质问,这是我生命中的两个极端,"程先生说,"我是个inadapté(与现实生活格格不入的人),在人世间始终像普鲁斯特一样是个amateur(游离于外的人)。"

说到这儿,程先生又突然打住话头,对我说:"我说得很多了,现在你说说你吧。"我扼要地说了我的改行,我的翻译和写作。我当初改行的经历,勾起了他的一段回忆。他告诉我,他女儿中学毕业时,校方建议让她报考理科重点高校,但程先生看出女儿在优异的数理成绩后面有着倾向文科的心灵,于是力排众议鼓励女儿报考巴黎高师。报考这所最有名的文科高校,要先念两年预备班,然后才能参加淘汰率极高的入学考试。结果她以第一名的成绩被录取了。程先生说:"我这么说,无非是想说明选对路是很要紧的。"我谈到自己翻译的小说时,程先生饶有兴致地和我讨论起福楼拜、都德的风格,至于当代作家如马尔罗,如萨勒纳弗,前者他有过交往并有贴切的看法,后者他至今仍保持着友谊。

前一天我刚收到上海译文出版社发来的传真,是《去斯万家那边》的设计版式。我随身带了这份传真和前不久《新民晚报》上刊登的四段译文以及《文汇报》的采访文章《文学翻译是我第二次人生》。晚报上有责编杨晓晖的名字,也许是方才我谈到《译边草》时讲起过她的缘故,程先生对着"杨晓晖"三个字注视有顷,然后感叹地说:"有这样的编辑,真是不容易啊。女性的美往往让我们心存感激。"他接着沉思地说,每个人,女性尤其如此,都有美的瞬间,"病人也有病人的美,"而女性的高贵和美,"是上天给予的,使感受到这份高贵和美的人感到心间充满gratitude(感激)。"他非常诚恳地问我是否能把这些东西留给他,让他可以"慢慢地看"。

不经意间,我俩都已经坐不住,站起来说话了。他好几次提到"激情"这个词,并把我引为同道:"像你我这样的人,激情是永远不会消失的。"他拿出准备好的六本书送给我,并在诗集Le long d'un amour(《沿着爱情之路》)的扉页上题了词:"给克希 作为巴黎晤面纪念 程抱一 31,10,2003"。这六本用法文写的书中,有《天一言》,还有更新的一部小说《此情可待》。我说,"此情可待"出自李商隐的名句"此情可待成追忆",而"追忆"正是普鲁斯特小说原先的中译本所用的词。程先生兴致勃勃地

跟萨勒纳弗女士约在一家咖啡馆见面。和她交谈,觉得很轻松,很快就能找到共同的话题——她写、我译的小说《幽灵的生活》。

接口说，这部小说的中译名来之不易，起初怎么也跳不出法文原名L'éternité n'est pas de trop的框架，不是"永恒不为多"，就是"永恒不为过"，不像个书名。后来实在山穷水尽了，才柳暗花明想到了李商隐的诗句。他话锋一转，提到刚才在版式样稿上看到的书名《追寻逝去的时光》，认为这个题目确实比《追忆似水年华》好，"'追寻'好，'时光'也好，和法文原名A la recherche du temps perdu 很吻合，'逝去的'意思也不错，但是否可以把'的'字去掉呢？"见我沉吟不语，他仿佛猜透了我在想什么，笑着问我："去掉'的'字会引起误解吗？前面已经有了'追寻'，读者应该不会把'逝去'误读成动词吧。既然如此，为什么一定要战战兢兢不敢越语法的雷池一步呢？你不妨去掉'的'字多念几遍。你会体会到，有了'的'字，节奏就松了。"

这个问题我们也没能展开。门铃响了。他向我解释说，当晚他和夫人得去看一个朋友，这是他夫人来带他一起去朋友家。他夫人是法国人，她进门后，我和她略为寒暄几句，就起身告辞了，因为这时我已经吃惊地发现，我和程先生足足谈了三个小时，中间没有休息，没有停顿，甚至谁都没有喝过一口水。程先生抱歉地对我说，他们要去拜访的那位法国朋友的女儿遇上点麻烦，所以他必须去看看他们，和他们谈谈，如果不是有这个约会的话,他很想留我吃饭再继续聊聊。我当然知道,应该抱歉的其实是我。分手前,程先生再次嘱咐我回上海后把我的书寄给他。

晚上我和陈丰通电话,兴奋地把这次晤谈的经过告诉她。她约我两天后见面,到时她把程先生送她的 Le dialogue(《对话》)先给我。

和陈丰见面的那天晚上,程先生来了个很长的电话。对普鲁斯特创作的缘由,他又作了补充。他说,除了上次讲过的两点,还有很重要的一点,就是"爱情生活的不理想"。普鲁斯特青年时代有过异性的意中人,但爱情之花很快就枯萎了。在同性的恋人中,他曾经跟音乐家雷纳尔德·阿讷过从甚密,但阿讷很快有了其他朋友,甚至有了异性的情人,渐渐地和普鲁斯特疏远了。后来普鲁斯特对他的秘书和司机阿戈斯蒂奈里有过很深的感情,但后者还是和他分了手,而且不久以后就死于事故。这对普鲁斯特来说又是一次重大的打击。

更让我感动的是程先生在电话里和我逐字逐句地讨论了我的一段译文。程先生说他把那四段译文都看了,印象很好。接着他就"睡莲"一段中的几个句子提出了具体的修改意见。"仿佛花园里的那些蝴蝶花搬到了这儿,像蝴蝶那样把它们蓝得透亮的翅膀停歇在这座水上花坛透明的斜面上"中,第一个"的"字不妨删去,这样,留

程抱一先生在赠书上题词。

下的"的"字就更有分量。"使这些花朵具有一种比本身的色泽更珍奇、更动人的色泽",同样如此,"本身色泽"就可以了。"无论是下午当它在田田的睡莲下面,有如万花筒似的闪烁着亲切的、静静的、喜气洋洋的光芒,还是傍晚当它犹如某个遥远的海港,披着夕阳那玫瑰色的、梦幻般的霞光"中,"犹如"不妨改为"宛若"或"仿佛",免得与前面的"有如"过于相近。整段最后那句"……的时候,开在这片水面上的睡莲,总像是绽放在天际的花朵"中,"总"字宜改用"就"字,以求"把意象再往前推一步",让人"有痛快之感"。

我听到这儿,忍不住对程先生说,和他谈话让我有痛快之感。我觉着他在电话那头静静地笑了笑。

正如程先生所说,遗憾的是我就要回上海了。但我又感到欣慰,我是带着巴黎的美好回忆,带着旧雨新知的友情,带着与程先生这样的智者、长者、创造者对话的痛快之感回上海的。

6. 与陈村聊普鲁斯特

时间：2007.5.18
地点：陈村寓所

陈村：除了帮着做"文化中国"丛书，那你现在还做什么事情呢？

周克希：好像也忙得很。

陈：还在做其他事情，关于普鲁斯特的？

周：在译普鲁斯特，当中也穿插了其他事情，比如说重译《基督山伯爵》。不过现在还是放在一边了。

陈：都没有做完。《基督山伯爵》你不是做过半本吗？

周：是做过半本，我就想再……

陈：就像统稿一样自己一个人翻译一遍？

周：是这样，但还没有来得及做完。《基督山伯爵》还是写得很好的，也就是说文字还是很好的，并不像我们想象的那样不到位、不规范。它的文字既到位又规范。讲故事的本领当然更不用说了。

陈：看《基督山》是因为这个小说的情节性太强了。

周：读者一般不会很在乎它译得好坏。但是我再翻翻书有时会受不了，就像开头："爸爸，啊，啊，爸爸"。这样的两个"啊"，我觉得至少可以省略掉一个。

陈：原文里呢？

周：原文的确是'Oh''Oh'这样子。你可能主张原文是这个样子就这个样子。

陈：不是的。以前傅雷翻译《约翰·克利斯朵夫》，里面常有一个"哦"。他用"哦"不用"啊"。"啊"好像情感色彩更强。

周：也许两个"哦"也可以。大仲马是写剧本出身，因为写戏写得多，稍微有点舞台腔。另外——这我只是猜测——法国人看大仲马的时候，和我们中国人看这"哦，哦，爸爸"的时候感觉可能并不一样。我觉得译文的感情色彩可能太浓了。

陈：这还不是很重要的事情。

周：嗯，有许多更重要的问题。

陈：一般译本里多少有点这样的问题，多一点少一点罢了。有的严重一点。

周：你跟我讲过，老的普鲁斯特译本，你可以看到第二册。而更多的人是连一册也看不下去。一方面是普鲁斯特的所谓可读性比较差一点。另外一方面，我觉得恐怕就是翻译的问题。

如果翻译得比较传神,有兴趣的读者还是会看得下去的。

陈:我觉得读它的主要障碍不是这个,读它的主要障碍是两种情景。我们的生活情景和他的小说里面描写的情景反差太大。我不是说么,读他这本书最好是关在医院里,或者是关起来疗养的时候。没有事情做你就每天读一点每天读一点。平时在一种很烦躁的生活状态中,去读他当然也可以,可读着读着觉得不太对头,就不容易进入这本书的情景。

周:我在翻译过程中有时觉得还是有共鸣的。昨天正好译到主人公"我"比较小的时候——这个主人公到底有多少年纪,我们始终都搞不清楚(笑)——跟他外婆一起乘火车,停靠在一个小站,看到一个卖牛奶的少女在兜售牛奶。这姑娘长得高头大马,太阳刚刚出来,照书里的描写,又是金光又是玫瑰色。这种情景对主人公来说是很有吸引力的。翻译这一段的时候,我觉得很容易有共鸣,因为这种生活场景多多少少我们是遇到过的。

陈:有种健康的……

周:健康的也好,不健康的也好,我觉得他写的有些东西,比方说忧郁啊,悲伤啊,还有你说的临睡前妈妈的吻啊,妈妈读书给他听啊等等,这些事情我不一定经历过,但都是可以理解,可以感受的。

陈：这个是正常的。他的反应的强度和烈度比较大。他更加有一种人家说的那种不依不饶的东西。

周：对，他就是不依不饶。你好像说过他是徘徊。他的徘徊是很厉害的，真的叫徘徊。

陈：至少这部书你读完了？

周：法文啊？我也没读完。看下去再说。

陈：没有把他七本都读完。法文不是七本？

周：法文也是七卷，几卷放在一本里面。我手边是四本，四本都有那么厚（做手势）。七星文库本。

加利玛出版社七星文库版的《追寻逝去的时光》。

陈：很厚的。这本书在中国大概真正读完的人是很少的。

周：有人跟我讲过是读完的。还是有的。

陈：嗯，很少。以前的翻译者也是分头翻译的，不是一个人在翻译也未必读完。

周：我估计译者也未必全部读完。以前总讲，翻译一部书一定先要把这部书读完，不光要读一遍，还要再读一遍，然后再翻译。

陈：中国译者，比如像你这样比较高的译者要把这部法文书读一遍要多久？

周：我水平不高，法文水平比我高的人很多。这个比较难讲。我觉得大概比较困难，读着读着就读不下去了。就是中文，要读一遍也很累吧。哎，中文读一遍要多久？

陈：照我想么，假使我每天放在床头，也不

是很忙，每天读的话大概也要三四个月吧。

周：那么法文加一倍吧。我们假想有一个理想读者，这个人的法文真的非常好，这种人中国还是有的，他看法文与看中文差别不是很大。普鲁斯特的这部书并不是难在生词。像我这种法文不是很好的人，生词也不见得多得不得了。那么难在什么地方呢？难在句子结构一环套一环，看起来很吃力。还有就是代词很多，每个代词都要弄清楚是什么，我觉得以前的本子有时候就是把代词看错了。

陈：指代不明。

周：一个代词有三种可能性：他，她，还有它。首先第三个和前两个要分清楚。很容易错的。别的书，比如像《亚森·罗平》（示意茶几上的《侠盗亚森·罗平》），这个问题就不这么突出。翻译《亚森·罗平》我当然也要查字典。但一旦查好了，译起来就比较顺手，不太费推敲。而普鲁斯特，就算生词都查好，看过一遍、两遍，自己觉得是看懂了，真要变成中文，还是不知道怎么落笔。我译《亚森·罗平》直接在电脑上打。译普鲁斯特就不敢直接打。经常先是在纸上乱涂一气，因为在纸上涂总比打电脑方便。这边涂过来，那边涂过去，往往前面划掉一句，在后面又插上，涂了一通再打电脑，好像才好一点。

陈：照我想起来，这个过程比较困难的就是要转换成另外一种形式。前两天有一个小朋友跟我讲读书，我说去读一点外国名著，就是有定论的经典之作。不要去读很多当下出版的书，这种书可能你读了一百本书就找到一两本好的。经过历史淘汰不是方便了吗？人家帮你淘汰好了有定论了，先看这种书。他讲那么我去读原著好吗？我说当然好，假如能够读原著太好了，读译本是不得已的事情。

周：翻译总归打折扣的。

陈：（笑）可能也有伟大的翻译家把它翻译得增色。

周：有一种讲法就是比原文还要好。那么……

陈：问题是，谁要你比原文还要好！哈哈。

周：呵呵，写一本好了。个别的句子可能会还要好，总体上不大可能。我觉得总归要打折扣，就算是傅雷，我到现在还觉得傅雷好，但还是有折扣。

陈：肯定是。因为工作性质决定的。

周：傅雷也经常说自己失误啊状态啊什么的，这说明他并没认为自己是完美的。我译普鲁斯特，有时也会有点小小的得意，但更多的时候是觉得，哎呀，原文写得真是好呀，我没法译得和原文一样好。比如说中文的长句，这个问题我经常在考虑。我也觉得自己译普鲁斯特译得比较长。要不要把句子弄得短一点呢？不是做不到，切一切总归做得到吧。但是一改神气就不对了。

陈：味道不对了。

周：哎，味道不对了。

陈：长句的结构复杂，这很讨厌。

周：所以有时候，我比较折衷。很长很长的句子，我还是想办法切切短。我的同行不是说超过14个字就不好了吗？

陈：14个字，很容易超过了。

周：长到比如说24个字，说不定我也容忍了，但是再长，我就可能会切断。实在太长，人的眼睛没法看，一个句子里这个"的"那个"的"绕来绕去，大概是没法看的。

陈：大概也好看的。我觉得你们都是那种妇人之仁。为什么这么……

周：呵呵，我们比较考虑读者啊。

陈：只要你译得出来，第一，人家读不读跟你们没关系。第二，假使他要去读普鲁斯特，这个人是可以读你这个长句的，他本来去读就不是为了这本书格外有情节性，是准备去吃这个苦头的。只管译得很长，让他难过难过，说不定还能学到一点什么呢。

周：那么中文写得好的人，会不会写那么长的句子？

陈：这个不管它。你只要有原文根据就是对的。

周：我服膺傅雷的那个话，假定普鲁斯特是中国人他会怎么写？

陈：这个不可能的呀，他不是中国人！

周：我用虚拟语气，假定他是中国人呢，我想他一定写长句，所以你要求我太短那是不行的，但是长也总要有个限度吧，不好太长。法文有一页一句的！

陈：对，以前没有标点也有一页。

周：那你也读不下去呀。

陈：读着吓吓我也好的。中国作家需要被吓。

周：但是感觉就不一样了。我说过我法文并不怎么好，可我读普鲁斯特的原文还是觉得很享受的。尽管长，但是外文的语法决定了长并不要紧，它的从句往往放在后面，插入语也比较清楚。插入语中文也有，但一般不常用，至于很长的定语从句，我们几乎是不用的。普鲁斯特的从句一个一个拖在后头，哪怕一页，哪怕我读起来有点吃力，但是读懂了以后会觉得很开心。中文句子一长，你随便怎么样都读不出这个感觉来。

陈：我说中文也有，比如说你可以去读木心先生《哥伦比亚的倒影》，中间都是逗号。你找一本来看看。你看看就知道了。

周：这书我倒有的。

陈：看看他用中文是怎么处理的。他要讲很长的意思，认为剪断不好的时候，就不句断。你去读读，觉得他这个成立否？

周：木心先生的写法实际上是为我做后盾了。句子比较长的时候，我的处理方法就是像你刚才说的那样，中间用好些逗号。我不爱用顿号，顿号是难得用的。

陈：比较讨厌。

周：对，没有办法才用顿号。你读到逗号不要以为完了，稍稍歇口气继续读下去。有时候句子的宾语是在几个逗号后面。我假定读者是有这点耐心的，否则读我的译文也读不下去。

陈：不要去想读者怎么想。

周：（笑）那么我是妇人之仁。我是有点仁，总想着翻译出来的书希望有读者读。我是为读者翻译的。

陈：那是一定的呀。我们当然都希望有人看，否则你去翻译它干吗呢？但是读或不读这个不是要紧的事情。翻译家觉得要有本土语言的根据，不要被人家说三道四。我觉得这个没关系，你最大的根据是原文，原文就是这个样子有什么办法呢？原作是这个样子，那么尽可能译得也这个样子。

周：这个当然。但是翻译原文，最要紧的不是形式，不是形似，而是神似。换句话说，我觉得唯一的标准就是译出法国人读法文原作时的那种感觉，假使中国读者读译文也有这种感觉，或者有这种感觉的百分之八十，我就觉得很好了。法国人读普鲁斯特是一种享受。我有一个朋友，是法国人，我在巴黎高师时，他是读文学的。他来中国，到我家来的时候手里拿着一本书，就像我们有时旅行途中带本书一样，那本书就是普鲁斯特。对他们来说，看普鲁斯特就像我们看《红楼梦》一样。

陈：想看到哪里就看到哪里。

周：的确是翻到哪里就看到哪里，普鲁斯特反正也没有太多的情节。我有一段时间不碰普鲁斯特，不译普鲁斯特，这时心里会滋生一种厌战情绪。隐隐约约觉得普鲁斯特有点冗长。太长了。我现在也一把年纪了，再翻译这么厚的书，摆弄需要时间那么长的东西，是否有点不自量力？这个选择是不是对？有时候会有这个想法。

陈：非常累。

周：但是我真的每天都会感到，就当天局部而言是有享受的。我翻译过不少法国作家，我觉得能够写得像他这么好的，确实很难得。

陈：你以前不是翻译过福楼拜吗。

周：福楼拜当然是好的，但和他是不一样。我觉得普鲁斯特更加现代一点，同我们现在更加近一点。《包法利夫人》情节性还是比较强的。普鲁斯特没什么大的情节。他写的一些东西，你说是哲理也好，说是对生活的观察也好，我觉得都非常有意思。举个第一卷里的例子，就是那句"我们的社会形象是他人思维的产物"。译这句话的时候，我犹豫再三，译成了"社会人格是他人思维的产物"。第一卷译本上就是这样的。现在我想,要是有机会,还是得改成"我们的社会形象",因为他后面讲的一大段话都是在说社会形象。普鲁斯特的特点是,前面讲了句类似警句的话,后面就会用一大段更为具体的内容来加以说明。那是对的呀,而且对你来说可能是比较容易理解的。我们的社会形象,是别人观念的一种组合。

陈:我们在社会中的形象。讲的是我们的形象而不是社会的形象。

周:对啊,我们的社会形象。一个人可以有不同的形象,可以有身体形象,有社会形象。

陈:就是社会怎么来看你。

周:但是我译成了社会人格,这个就是你说的一种拘束。查字典,释义的确是人格。

陈:那么也对的,也讲得通的。形象是什么呢,是我现在看到你,周克希先生的形象是什么,我会去描述他。

周:他说的不是"我"的形象,是在社会中的形象。

陈:我也是社会中的一个人。或者说大众对你有什么感觉。我觉得人格好。你现在跟我讲起,我没有看这段文字。人格有种人家被迫让你修改的意思。就是你的人格本来是你的。但是到社会上以后呢,有一种社会要修改你人格的意思。我在想。

周：至少社会人格理解起来比较深，一下子不容易看懂。

陈：比方说我再讲一句，用最浅显的话说，中国人的俗语叫，见人说人话，见鬼说鬼话。那么这个就是一个人的社会人格。

周：就是在社会中做人的一种品格。

陈：做人的品格，而且我总觉得里面带有被社会修正过的意思，就是说他是为了适应这个社会。

周：这样一种人格，是他人思维的产物。

陈：他人思维的，但是有这种人格。因为别人总对你有种种讲法，种种要求。觉着了这种压力，所以在社会上有这个样子的人格。

周：应该让你翻译，你翻译起来好。

陈：有点像直觉的判断，讲到形象和人格不一样的时候。所以下次不要改它，让它去。当然你是属于很用心的译者，会思考很多东西想来想去，这句话到底怎么说。

周：我想让自己也懂得清楚一点。

陈：那很好啊！你先已把这个书读得非常熟。一般的读者呢，不是做研究的，一般读过去就读过去了。

周：我们常说阅读快感，我觉得译成人格，就谈不上阅读快感了，阅读成了一件痛苦的事情。

陈：有人跟你提出来过吗？

周:没有人提出来过。

陈:那你翻译得好,人家说不定暗暗地佩服周克希。

周:没有没有。真的是这个样子倒好了,有人提出来倒好了。有多少人在看呢?现在大概卖掉四五千本。说明除了图书馆以外还有几千个人可能买了这本书,但是他可能是不看的呀。我买了书也不一定看的,我可能头一天翻一翻就放在那里了。

陈:不看也不要紧。这个书大概还有一种象征性,就像很多人家里放着"四书五经"一样,未必去看它。

周:这本书我不知道你感觉如何,我觉得这本书的装帧还是很好的。尽管没做精装本——最好是做一个精装本。封面设计什么都是蛮好的。

陈:蛮好。这个书是一本奇书。我为什么说它是奇书,其他书总要靠一个情节的主干支撑小说,就像要一根骨头一样。没有一根骨头,平常小说要撑到那么长的篇幅就会觉得非常困难。但是这个人就是奇怪,他就是在这种个人的情绪、个人的视角里这么绕来绕去,居然也就被他绕成了这么一本书,而且你不觉得读着无聊。

周:不无聊。

陈:平时一个人瞎七搭八老是在说我怎么样,说我看见什么,我认为怎样,这个是无聊的事情。

凡·东恩为《追寻逝去的时光》画的水彩插图。

福什维尔在普雷沃咖啡馆遇见奥黛特,就请她去家里看版画。(第一卷《去斯万家那边》第二部"斯万的爱情")

凡·东恩为《追寻逝去的时光》画的水彩插图。

有一次,我们几乎是劈面遇到了那位高个子少女安德蕾;阿尔贝蒂娜只好把我介绍给她。阿尔贝蒂娜的这位女友眼睛异常明亮,给人的感觉就如在一个光线很暗的地方,从一扇敞开的房门突然走进了一个充满阳光、泛着海水绿莹莹反光的房间。(第二卷《在少女花影下》第二部"地方与地名:地方")

周:这本书,情节有还是有的,就是宕开一笔的地方很多,一下子宕开,写很多很多东西。我觉得对你们小说家来讲,这是比较忌讳的事情。宕出去而且是在讲自己的想法,看上去游离于情节之外的想法。但这往往是他最出彩的地方。

陈:里面有的是情节,但不是一个故事。他写斯万家什么的……

周:没有故事。

陈:写什么家里的老人啊,这些都有。看起来他在细部的处理和一般的小说没有太多的不同。只不过他可能比别人更啰嗦点,讲得更多一点,或者讲得更小一点。平时写小说的人会不由自主地去找一点所谓的大的情景。一个人要去杀人就是大的情景,平时吃泡饭是小的情景。

周:第一次世界大战么大的事情,他不写。

陈:我们会选择很热闹的时候,就像武松打虎的时候来写。普鲁斯特会写一些小的情景,比如武松要去吃一个烧饼什么的。

周:吃烧饼的事情他可以写很多,然后他的烧饼拉出来又可以写很多。但是他讲的东西还是像你刚才讲的,都是很有意思的。

陈:像我这种不成器的也算同行的看起来,我就觉得他很开心很自由。所谓的小说家们被太多可以不可以所限制。心里先知趣了,就是说你是不可以这个样子的,写书怎么可以写到一半写到旁边去了呢,或者到旁边不肯回来了。

周:他大概是不管小说应该怎么写的。普鲁斯特是非常自信的,是所谓的内心强大。表面看起来他是一个很谦恭的人,一个碰到谁都唯恐对方不开心的人。这种人往往内心很强大。他不是小说写出来起先没有人要吗,但他确信自己的东西是真正的好东西。

陈:他在写作的时候也不管人家看得懂还是看不懂,舒服不舒服。我觉得翻译他的作品总有人看的。难说,说不定哪天不对了,一下子就觉得现在这种小说读了都要昏过去的,就读读普鲁斯特算了。

周:可能会有这么一天的。不过比较遥远。

陈:不知道到底会怎样,因为现在读者的口味不正常。大家不读《论语》去读于丹,就像不学《毛选》要听学《毛选》积极分子谈心得体会。应该读《论语》。

周:所以有件事我放弃了。有人要我写一本"怎样读普鲁斯特",我一直在犹豫,后来觉得还是不应该写,不写。怎么读普鲁斯特,你去读就是了,翻译都翻译了。普鲁斯特实际上是看得下去的,不是看不下去呀。我常说你随便翻到哪一页就看哪一页好了,虽然译文的文采会打点折扣,但还是有,还是感觉得到的。

陈:我以前讲过,伟大的作品经得起损耗。

周:经得起损耗。一个好读者透过一个不算

很好的译文，也可以看到它原来的好东西。

陈：你假使要去写一本你刚才讲的书的话，照我想这个书有点像金圣叹的批《水浒》。

周：是曾经想用批语的形式来写。可这也是一个问题。我怎么批得来呢？

陈：看金圣叹批，经他轻轻一点，会多看出很多东西。当然有些也是瞎说。是他看出很多东西。觉得他说精彩的地方真的是很精彩。

周：这个东西要由一个会写小说的人来写。我自己不会写小说，批是不行的。我唯一可以做的就是从翻译的角度来讲，讲讲为什么这样译。这个人家又不感兴趣。

陈：像你这种人行文又是很谨慎的。你不肯夸张地说。

周：我不是不肯夸张地说，我不晓得怎么说。

他们让我写，这个思路想必是从《品三国》来的。《品三国》的好坏我们不管它。首先我是写不来。我和易中天比，我怎么比得上易中天呢。我一度想，要不先写写看，看看能写出个什么样子来。结果就写了两篇小文章，你也看到了。一篇是讲普鲁斯特的书名。他一开始的书名你知道叫什么，叫《心灵的间歇》。心跳不正常的人会心率失调，就是心跳会有间歇。当然"心灵"也可以译成"心"，心的间歇。假使叫心，可能最符合陈村的观点。换了周克希来译呢他就会犹豫了，到底用心灵的间歇好呢还是用心跳的间歇。心跳的间歇实际上蛮对的，原文的确是这个意思。但是我相信普鲁斯特一定不仅仅是想讲心跳。他不是在讲一个医学上的东西，他是在讲一种文学上的东西。

陈：嗯，文学上的情感上的东西。

周：所以叫"心灵的间歇"，实际上，心灵的间歇——你仔细想想不大对的。

陈：那么这个不对，是你弄出来的。

周：我弄一个不大对的东西给人看，这就没有妇人之仁了（笑）。这个是最早的书名。他先写的是第一卷、第二卷和第七卷（叫第几卷当然是后来定的）。第七卷叫《寻回的时光》，第一卷呢，叫《逝去的时光》。这两卷的卷名是相对应的。总的书名刚才说了，叫《心灵的间歇》。他设想过很多卷名，有些是很奇怪的，有一个我记得叫《七重天》。我在书信集上看到时，心想普鲁斯特怎么也会起那么傻的名字啊？另一个叫白鸽什么的，比如说鸽子咕噜咕噜的声音什么的。我就先写了这么一篇，报纸上登的时候叫《普鲁斯特与〈心灵的间歇〉》。我一直觉得我的译本为什么不叫《追忆似水年华》，本身不需要多讲。但是这次还是讲了一讲普鲁斯特看到英译本书名后的反应。英译本的书名，翻译成中文相当于《往事的回忆》。普鲁斯特在信上写道："这下子书名全给毁了。"他明确反对这样的译名。还有一篇是讲他的作品出版如何艰难。普鲁斯特写好以后没有出版社愿意出版，最后还是自费出版的。

陈：他活着的时候没有全部出版对吗？

周：对。

陈：他的第一卷得过一个奖吧？

周：第二卷。我在译的第二卷。

陈：是龚古尔奖还是什么奖？

周：龚古尔奖，只有第二卷得了奖。得奖以后社会承认他了，本来人家认为……纪德起先很看不起他，但后来纪德……

陈：觉得自己弄错了。

周：得奖以后普鲁斯特就是社会名流了。

陈：他得奖的时候写完了吗？

周：得奖的时候还没有写完。写完离他死没多少时间。他在文稿的最后写上"完"字。他的写作条件还是不错的，物质条件很好。我到巴黎看过他住的几个地方，那真的是叫豪华。跟我们现在说的所谓豪华是两个概念。我们的豪华有点像暴发户。他那是真的豪华，骨子里的豪华。简单是很简单的。他不赞成在房间里挂画什么的，这些东西他烂熟于胸，不需要再挂在墙上。他的工作室，这部书基本上就是在这一个地方写出来的，在市中心的一幢房子里。他的写字台也不是我想象中的写字台，就是这种普通的台子。

陈：他这个人是没有生活的忧虑的，家里父

母留了钱给他，他只要去想想这些事情就好了。

周：他的生活是比较优裕的。

陈：假使他不写书，什么事情也不做，这个人也难了。

周：这个人要不是病得那么重，哮喘得那么厉害，不会写这部书。那么他可能就一直是纨绔子弟，最后做一个纨绔老头。

陈：不生病就去玩了，写书也是拯救他的路。假使他什么事情也不做的话，你想，这个人又跑不出去，呆在家里又没有事情。

周：就是跑不出去。假如跑得出去，想必还是会经常出入沙龙吧。

陈：他偶然还是有跑出去的时候，观察人家大概也是一种乐趣。

周：说他就是为了观察，那也不见得，他是觉得有乐趣的。当然，像他这么敏感的人，他的观察比常人深入。

陈：他有一种在沙龙里社交的需要。

周：他喜欢的。

陈：他们这种人大概本身就在这种气氛中长大的，中国人没什么沙龙的概念。

周：没有。记得程抱一先生跟我说过，巴黎现在还是有一些文学沙龙的。他经常出入于其间。他还说了一句：总是高贵的女性在引领我们向前。这话是和沙龙一起说的，因为主持沙龙的一般都是女主人。对普鲁斯特来说，当时更是这情况。

陈：像你这样的译者做到现在有多少年了呢？

周：我是1992年改行的，改行之前已经和朋友合译了《基督山伯爵》。80年去巴黎高师，学了两年数学回来。84年开始业余翻译小说，也很久了。

陈：到现在要二十多年了。

周：我一直觉得自己还是所谓翻译学徒，现在看看也应该满师了。

陈：学徒也要熬成婆了么。人家现在看到你觉得很厉害！

周：（笑）熬成婆么，离不做这个事情也不远了。

只因为热爱
——代后记

  我从事文学翻译这个行当，完全是半路出家。

  当年高中毕业后，按填报的志愿进了复旦数学系。数学自有它的魅力，同班的同学看数学书能到入迷的境界，可我道行浅，真正让我沉潜其中的还是小说。每天午休时间看《安娜·卡列尼娜》的氛围，依稀跟这本小说交融在一起，留在我的印象中，带着点青春时期的忧愁。

  在复旦读了五年数学，毕业后派在华东师大当了二十多年数学教师。但最后我决然改换门庭，到出版社从事文学翻译、编辑工作。对我这样改行，很多人觉得好奇，也有人感到惋惜。但回想起来，这个过程是很自然的。我在英国有个远房表弟，从剑桥理科毕业后突然当了牧师，他告诉我说是受了上帝的感召。我的情况没这么玄，我想不起自己受过类似的感召。如果说事出有因，因由就是对文学的兴趣和对翻译的热爱。我从小喜欢看书，少年时读小说之多、之杂、之快，现在想起颇有恍若隔世之感。而对《约翰·克利斯朵夫》和《傲慢与偏见》，我几乎有一种偏爱，对翻译如此美妙的书的傅雷、王科一先生，小小的心灵里不胜仰慕之至。报考复旦数学系，说来有点"历史的误会"的味道。父亲早年就读于浙大数学系，四年级时离校参加学生救亡运动，此后一直未能以数学为职业，母亲引以为憾。所幸（抑或不幸？）的是，我念高中时文理都尚可，毕业遂报考数学以了却母亲心愿。此后念书、教书，中间还夹着政治运动，一晃就是十几年。再后来，学校派我去法国当访问学者。可以说，正是这两年的生活促成了我的改行。在当时的环境下，到了国外，对人生定位的思考很自然地跟在国内有所不同，尤其是在巴黎高师这样一个随处都能感受到哲人余韵的宽松环境里，思路开阔了，胆子也大了，觉得人生道路宽广得很，改行去做自己热爱的事并非大逆不道。因此，我在回国时即已"脑有反骨"。但真的跨出改行这一步，毕竟又等了十年。刚回来，觉得既然受惠于公派，应当有一段时间报效学校才是。接着，系里要我当教研室主任、硕士生导师，我婉谢坚辞均未果。好在当时精力还较充沛，似乎还能一心二用，就一边教课带研究生，一边翻译波伏瓦、大仲马和都德。转眼间，到了近知天命之年，痛感非作出抉择不可。学校体恤我一片苦心，同意我调到译文出版社。译文社欢迎我去，但总编事先以朋友的身份找我谈了一次,坦诚地为我分析利弊得失。我表示好意心领,但已义无反顾。

巴黎高师,留有哲人余韵的校园。

事过境迁,如今跳槽已成寻常事。跳也好,不跳也好,关键在如何认识自己。抚躬自问,我感到认识自己并不容易。人各有志,也各有所宜。有个老同学曾告诉我他的体会:"做过生意,就不想再做别的事情了。"这挺好,说明他适宜于经商,也乐在其中,我为他高兴。但我自问无拳无勇,既不适合经商,也缺乏这方面兴趣,哪怕钱能多一些,也未必就开心。说到底,为人之道,割爱而已。如何割爱因人而异,但总要有所不为才能有所为。

重返巴黎高师校园,回忆起二十多年前的一幕场景。当时李大潜兄来访不值,于是悠闲地坐在这个阳光明媚的小花园里,一边等我外出归来,一边构思出一篇漂亮的数学论文。

常有朋友问我,学了数学,教了数学,而后彻底改行,是否后悔呢?要说一点不后悔,那是假的。那么些年,毕竟太长了!既然终有改行的一天,真该再早些啊。但我后悔的只是改行晚了些,对曾经浸润在数学的温泽中,我想我并不后悔。我赞赏英国数学家G.H.Hardy说的一句话:Beauty is the first test: there is no permanent place in the world for ugly mathematics.(美是首要的检验标准:丑的数学说到底是没有安身立命之地的。)这种难以言喻的美,我有幸在高等数学的学习和教学中领略到了。举例来说,Cauchy的极限定义仅仅短短两行,我却始终觉得它几乎是人类语言之美的极致。离开数学以文学翻译为业,我有时恍惚觉得这是我的第二次人生。

我的从译经历，顺利中有不少坎坷。"处女译"《成熟的年龄》是波伏瓦的一个中篇，从法国回来后译出交稿，过了十年出版，但我并不知道。又过了七年，偶然从朋友那儿听说译稿早已收入集子出版，辗转打电话去问，才算拿到了一本样书。当时的境况，诚如友人吴岳添在给我的信中所说："只有等到你我绝望的时候，才会看见书出来。"都德的长篇小说《不朽者》翻译期间，我父母相继去世。而这部见证了我的忧伤的译作，也是等了近十年才出书。不过也有出版社追在后面，等着出书的时候。韩沪麟兄约我合译《基督山伯爵》，时任编辑室主任的王振孙兄为保证进度，要求我每天完成四千字定稿。我发动家人做第一读者兼抄稿人，全家围着大仲马转。幸而大仲马"体贴"我辈译者，对话多且短，算字数可以有不少水分。一边当编辑，一边搞翻译，来到社里不觉已是八年。2000年我正为修订《法汉词典》忙得不可开交，社里点名要我重译《小王子》。起初这似乎是急就章的"遵命文学"，但往下译着译着，就动了感情。

如今，岳添兄已是求者盈门的译家，我也磕磕绊绊译了、出了好几本书。回首往事，真有"只是当时已惘然"之感。但有了机遇，我更感到时不我待，一个人一生应该好好做成一件事。犹豫再三，我选择了《追寻逝去的时光》。这部巨著有过中译本（书名为《追忆似水年华》），但那是15个译者（其中包括我）的集体作品。现在我想作一次尝试，看看独自一个人是否能在这条译途走上一步、两步，甚至三步。我从内心里感到，说这部书是二十世纪最伟大的小说大概并不为过。每译几段，你就会预感到前面有美妙的东西在等着你；那些无比美妙的东西，往往有层坚壳包着似的，打开壳，你才会惊喜地发现里面闪光的内容。

我给自己悬定的翻译标准是：一、（肯正襟危坐的）读者能顺利地往下读，二、（有文学趣味的）读者能从中读出它的好来。这两条标准似乎并不高，但是开译以后，我就有了"事非经过不知难"的切身感受。译事之艰难，进度之缓慢，都比预想的更甚。如今（2008年2月），第一卷译毕出版，第二卷译了约三分之二，黑黢黢的隧道里还看不见尽头的微光。但我依然在慢慢地前行。

里尔克(Rilke)曾在给一个青年诗人的信中写道："你要爱你的寂寞。"我觉得这话就像是对今天的译者说的。翻译，寂寞而清苦；但是，能把职业当作事业，能使技术成为艺术，能在工作中找到乐趣，能从苦中尝到甜的滋味，又何尝不是人生的一种幸福呢？

附录：百家版序和华东师大版序

百家版序：周克希和《译边草》

南　妮

几年前在译文社的办公室认识了周克希先生，是朋友介绍的。当时我是去约稿的，没有多谈什么，但对周克希先生留下了有异于一般文化人的特殊印象：平静，文雅，有趣味。因为周克希先生是翻译法国文学的，所以私下里一直以为周先生有一股"法国味儿"。

周克希先生真的寄来了稿子，这就是《新民晚报·文学角》上开了两年的专栏"译余琐掇"。我个人非常喜欢这些以漫想与随笔的形式记下的翻译感想，报纸刊出以后的效果也非常之好，不断有读者来电要求告诉该专栏登载的具体日期，以补读他们可能遗漏了的篇什。

以后，我读过周克希先生的大部分译著。用两个字可以来描绘我读这些书及对周克希先生本人的感觉，那就是"钦佩"。我对外国文学有一向的爱好，但有些书的翻译实在让人不忍卒读，用作家余华的话说，那多是些"披着羊皮的狼"，不知是译者有意唬人的，还是他自己半通不通造就了晦涩。直至年过三十，我才懂什么是真正的好东西。我曾经拿周克希先生的《包法利夫人》复译本与李健吾先生的著名译本仔细对照，发现周克希先生的译本更加现代更加精妙。这个复译本获得第四届全国优秀外国文学图书奖完全是实至名归。

《译边草》收有周克希先生六万字的作品，包括"上篇·译余琐掇"与"下篇·译书故事"。在有些人，这六万字完全可以敷衍为十二万字，甚至十八万字，光在巴黎高师进修、在巴黎生活的两年就可以洋洋万言。而那些灯下苦读的经历，更可以重彩浓抹。然而，周克希先生是如此吝啬笔墨。在《译边草》里，我们读到了翻译界的趣闻、名家的妙语，读到了对经典的评介和关于译文的疑题，读到了翻译与创作的共融互补、语言的丰富与微妙，读到了"学海无涯"的宏阔和"十年出一书"的沧桑。这些，都是以平实散淡的作风、站在美学趣味的立场让我们心领神会的，所以，我以为，说这六万字是字字珠玑，是毫不夸张的。趣味从来就是高级的、节制的、贵族的，趣味如果铺天盖地、洋洋洒洒，那就是滥情与庸俗了。我以为凡喜爱文学与文字的人，都值得去拥有这样一本薄薄的册子。在书桌上、在枕边、在旅行途中虔敬地读一读、随意地读一读，于我们的见识、修养一定大有益处。平实散淡的《译边草》激起的是我们对经典著作、对文学，同时也是对我们的心灵与生命的难得的激情。这或许是谦虚的周克希先生所没有想到的。

我一直以为学数学出身，使周克希先生有别于一般的文学家，他行文冷静、精确，对译本的揣摩有一种科学的细致的精神。周克希先生又生性随和风趣，不板名家面孔，有些像他最喜欢的作家汪曾祺，这又使他的文字朴素鲜活充满人性。"充满人性"对一个翻译家来说也是很重要的。

由我来写这本书的序是不合适的，这也反映了周克希先生不照规矩（请名人前辈或优秀同行写序）办事的名士风度吧。对于我来说，能在这里有机会向广大的读者说一说我对周克希先生译著及其文字的信任，是三生有幸的。时下，值得你信任的人、书、节目、物品都是太少了。

2001年6月

华东师大版序：
《译边草》：时间的美丽答卷

南　妮

如果《周克希译文集》是辉煌的交响乐的话，那么《译边草》在其中是什么呢？是那个总结式的乐章？是每一乐章每一旋律不可或缺的音符？——读了以后，你可能有自己表达的语言。

"文学翻译是感觉和表达感觉的历程，而不是译者异化成翻译机器的过程。在这一点上，翻译跟演奏有相通之处。"

十年以后，再来读周克希先生这段"翻译要靠感觉"的文字，似乎有了更深刻的理解。历经时间淘洗的《译边草》，像它精致的绿色封面一样，过去，现在，始终闪发着生命的灼灼之光。

在收入文集的这本新版《译边草》中，周克希先生对"感觉"有新的补充："什么是感觉？席勒说：开始是情绪的幻影，而后是音乐的倾向（disposition），然后是诗的意象。这是说诗的感觉。罗丹说，雕塑就是去除没用的泥巴的过程。这是说雕塑的感觉。对译者而言，感觉就是找出文字背后的东西的过程。一个译者，未必能

'还原'作者感觉的过程,但他应尽可能地去感觉作者曾经感觉到的东西。"

奇妙的时间。

十年,追寻那种感悟的灵光,直至抵达它的核心。

《译边草》是显示着时间的美与残酷的书。朴素与高贵完美统一。它的温文尔雅令人感慨:文化就是让人克制。真正的艺术永远举重若轻。

邵燕祥先生在《译者也是"传媒"》(2012年9月23日《文汇报》"笔会"栏)一文中说:"除了翻译以外,许多翻译家同时是外国文学、外国文化的研究家,并且写得一手优美的散文。其中也透露了翻译的甘苦。然而就我近年所见,似乎除了杨宪益、高莽偶然提到以外,只有周克希写的书把译者的劳动说得引人入胜。我是很希望多看一些这样的随笔的,正如当年为巴乌斯托夫斯基的《金蔷薇》所倾倒,就是因为他诗意地描绘了文学家艺术家的创造性劳动一样。"

《译边草》就是翻译界的《金蔷薇》。

翻译何其艰辛?但为何对热爱者如此吸引?因为那个过程中有创造的幸福、与同行探讨的乐趣、找到真谛的兴奋、学无止境的神圣。《译边草》基本上从"小"入手,段落,场景,一个句子,一个词。然而"小"中有大,"小"中不但见出美学的意义,"小"中还见出哲学。趣味盎然,如邵燕祥先生说的是那样"引人入胜",以至有读者读了周老师的书后，心头热热，竟然也产生了翻译的念想。

"这本书介绍了不少翻译时需要注意的细节和技巧，而且有一些原文的引用，有助于更好地理解中外文化、习惯的不同与相通之处。我是学法语的，对作者半路出家学法语极其崇拜，有时学得太累或学不下去了，想想周先生，感慨颇多，不禁惭愧。"——网上，有读者这样留言。

无论对于书还是对于人，网上的评论一般都有褒有贬，但是看读者对2008年上海三联出版社出版的《译边草》的评价，是一致的赞美。"很好的书，喜欢周克希！""精彩译事，文章内容短小精炼，读起来很轻松，但又获益匪浅。""很好看的一本书，读完以后，对于书怎么读也有了进一步的体会。""很精致。里面没有说教，里面很有趣，还可以长见识学到东西。""非常喜欢的一本书，充分证明了周先生是一个翻译大家，而不是翻译匠。""非常好！喜欢读他译的普鲁斯特，这本书作为延展读物很好。""great!"

great!

《译边草》在未来的价值，未来可以再作证。

2012年10月